滴青蓝

王鼎钧 著

商务印书馆
2018年·北京

图书在版编目(CIP)数据

滴青蓝/王鼎钧著.—北京:商务印书馆,2018
ISBN 978-7-100-15808-4

Ⅰ.①滴… Ⅱ.①王… Ⅲ.①随笔—作品集—中国—当代 Ⅳ.①I267.1

中国版本图书馆CIP数据核字(2018)第022322号

权利保留,侵权必究。

滴青蓝

王鼎钧 著

商 务 印 书 馆 出 版
(北京王府井大街36号 邮政编码100710)
商 务 印 书 馆 发 行
北京新华印刷有限公司印刷
ISBN 978-7-100-15808-4

2018年7月第1版　　开本787×1092　1/32
2018年7月北京第1次印刷　印张10⅛
定价:40.00元

目 录

前 言 / i

第一辑

小说欣赏 / 2

戏剧欣赏 / 17

人生戏剧化 / 34

张火丁的两出戏 / 39

诗欣赏 / 45

诗手迹 / 61

书法欣赏 / 67

谈意象 / 81

文章的滋味 / 87

作品的境界 / 92

遥远的回声 / 102

第二辑

从"莫奈何"说起 / 108

串珠效应 / 114

都德:《小东西》/ 119

梅里美:《可仑巴》/ 128

罗逖:《冰岛渔夫》/ 137

海明威:《老人与海》/ 146

莫泊桑:《两兄弟》/ 155

巴登夫人:《春风化雨》/ 161

奥斯汀:《傲慢与偏见》/ 169

狄更斯:《双城记》/ 177

米契尔:《飘》/ 183

说好话 / 192

粉红楼窗隔海看 / 211

文章是人家的好 / 215

念念中文 / 222

我学习的三个阶段 / 234

废园旧事今犹新 / 256

硕果永存 / 263

听吴小攀谈天 / 267

看生肖画展 / 273

莫言语录五注 / 290

若苦能甘 / 298

书的交响 / 307

前　言

　　滴青蓝就是滴墨水，青，可以指黑色，滴黑色的墨水和蓝色的墨水。滴墨水就是写文章，现在写稿早已不用钢笔，墨水仍然当作比喻、甚至当作典故使用，白话文当年反对用典，它发展到今天也有了自己的典故。"青蓝"也有青出于蓝的意思，写作总要师法先贤，切磋同侪，互有观摩，互补长短。之类等等，言不尽意。

　　这是一本个人的文集，文章的性质不一，一部分偏重文学欣赏，文章不多，最近三年只有这一点成绩，算是晚年的"力作"。另一部分也谈文学，文章有针对性，从繁体版的旧作中挑选而来，算是"去芜存菁"？这本书的名字也曾一再斟酌。现在还没忘记启蒙老师当初的叮嘱，"求新求变"，只是才华有限，量力而行。我说过写文章是心血变墨水，朋友建议书名叫作"滴滴血"，我没那么大的胆子，这是"滴青蓝"一名的前世。我一直做"通俗化"的工作，我的信条是"执简驭繁，化难为易，因近及远"，我不能讲学，我谈天。我的表述志在发扬前人，接引来者，从中建立个人特色，大处看，出于青也出于蓝，小处看，或许有些地方有别于青也有异于蓝？这就是"滴青蓝"一名的今生了。

文章是尽我一滴墨水，发表出版要感谢十方因缘。多年来我环顾四周，鼓吹文学创作者多，引导文学欣赏者少，小说散文越出越厚，销售量越来越低，也曾呼吁文坛贤达，改变重点，疏通文学生产线的下游，因此有《滴青蓝》中若干篇文章。纽约和国内的报刊慷慨发表这些文章，纽约侨界提供场地举行演讲座谈，这些文章才有机会接受读者检验，引起共鸣，进而成书。非常幸运，每一个环节都顺利。

《滴青蓝》有一组文章，谈论九本翻译小说，当初曾得到顾保鹄神父勉励，辑入《长篇小说技巧举隅》，于今又蒙杨传珍教授修改若干名词，使之符合中国大陆读友们的阅读习惯。这一组文章从阅读的角度谈创作，注意趣味，

"会看的看门道，不会看的看热闹"，会看门道的人可以看出更多的热闹。希望能增加会看门道的读者。

第一辑

小说欣赏

谈到小说，这个名词《庄子》用过，《汉书》用过，本来的意思是说一些很琐碎很狭窄的事情，"小言之也"，一些通俗的事情，合乎大众的趣味，真真假假，有虚构的成分，"街谈巷语，道听途说者之所造也。"不是玄妙的哲理，也不是治国平天下的大道，所以叫小说。

到了近代，中国发生新文学运动，大家学西洋，有学问的人发现西洋文学和中国传统文学两个系统，有许多地方不谋而合，新文学运动的先知先觉翻译西洋理论的时候，使用中国旧有的名词，于是福楼拜、托尔斯泰，都成了小说家。

为什么这样翻译呢,因为《复活》《包法利夫人》也都叙述个别的小事,有特殊性,有虚构的成分,能引起大众的兴趣,西洋的小说是用这些小事结构起来的,《复活》《包法利夫人》,和《红楼梦》《水浒传》成了一家人。乔伊斯写的《尤利西斯》,很多人读不下去,我拿它当《阅微草堂笔记》来读,读完了。

依照先贤从西洋搬过来的理论,文学作品是语言的艺术,语言有抽象,有具体,两者中间有层次,好像上楼下楼有楼梯。且看下面这张表:

$X + Y = Z$

$1 + 1 = 2$

1人 + 1人 = 2人

新娘 + 新郎 = 婚姻

贾宝玉 + 薛宝钗 = 夫妇

这张表,最下面的一行最具体,最上面的一行最抽象,中间有不同的程度,这叫抽象层次。$X + Y = Z$ 没有小说,$1 + 1 = 2$ 也没有小说,抽象层次一步一步下降,降到贾宝玉加薛宝钗才有小说,降到诸葛亮加周瑜才有小说。

读小说,我们首先注意他写的是不是小事情,是什么样的小事情。在《红楼梦》里面,宝蟾送酒,黛玉葬花,晴雯撕扇,都是小事情,都很生动,都很有情味,都是人生里面很难得的一刹那,我们要学会享受这一刹那,我们进入这一刹那,并不嫉妒这是别人的生活,并不批评这是富贵人家腐败的生活,也忘了这是封建社会已经消失了的生活。在那一刹那,欣赏者没有分别心。

　　小说里面的这些小事情,作家把它叫事件,小说事件要有特殊性。今天的人读契诃夫,读莫泊桑,常常觉得他们的作品很平淡,没有多大的吸引力,这是因为他们太有名了,太古典了,他们小说里面的那些事件,经过后来一代一代的作家模仿,变造,甚至抄袭,没有特殊性了。后来的批评家只有强调那些作品反映了什么,代表了什么,越说越抽象,简直拿小说当论文了,不能提高读者的兴趣,给后代写小说的人许多不正确的暗示。

　　我们读小说,不薄古人爱今人,现代报纸副刊上,综合性的杂志上,网络上,都有很好的小说,在那些小说里头,常常可以发现特殊性的事件。六十年代,美国的种族问题闹大了,黑人白人的矛盾浮上来,有一篇小说,写一个黑人男孩跟一个白人女孩恋爱,女孩的家长坚决反对。这个黑人男孩就去见白人女孩的父母,他卷起袖子,露出黑色的皮肤,然后拿出剃刀的刀片,在手臂上划了一道口子,鲜血流出来,他对女孩的父母说:"我的皮肤是黑的,可是我的血也是红的!"这就是特殊性。到了九十年代,风水轮流转,白人政客纷纷想办法讨好黑人,看小说知道有一个白人出来竞选,他到黑人区演讲拉票,他对听众说:"我的皮肤是白的,我的心也是黑的!"后面这篇小说显然受了前面那篇小说的影响,变成讽刺喜剧,事件仍然是特殊的。

小说是把"事件"组织起来,这种组织叫"结构",欣赏小说,除了欣赏它的事件,还要欣赏它的结构。结构,前人已经有很多式样,以后可能还有很多的变化。艺术讲究形式美,结构是形式美,很重要,我们不能忽略。在台北,有位文学教授开课讲现代小说,讲结构讲了一个学期。我只能讲两个基本结构,一个叫串珠式,一个叫结网式。

串珠式,用一根线索把那一个一个事件连贯起来,像一串项链。或者说像古代的结绳记事,在绳子上打结,大事情打一个大结,小事情打一个小结。这个形式我们很熟悉,《西游记》就是这样写的,《儒林外史》《镜花缘》也是这样写的。狄更斯的《块肉余生录》(即《大卫·科波菲尔》)和都德写的《小东西》,当年的文艺小青年的必修课,这两部小说也是串珠式,东方未必永远是东方,西方未必永远是西方。我们像欣赏项链一样欣赏这种小说。

《块肉余生录》开篇写主人翁"我"半夜出生,这件事本来寻常,可是此刻墙上的挂钟正好自鸣十二声。钟鸣好像是报喜,把临盆接生点缀成一个小小的庆典,钟鸣和婴儿的哭声交响,在静夜中制造片刻的热闹,或者说,连续不断的钟鸣是警报,告诉这个新生命人生在世不容易。这就可记,可读,可以进入街谈巷议。《小东西》写主人翁出生,他的父亲正在外面经商,这件事本来也寻常,可是这位父亲一方面接到家中添丁进口的消息,同时也接到另一个消息,有一个顾客卷走他四万法郎,逃之夭夭。这位父亲悲喜交集,不知道自己应该哭还是应该笑,寻常的事情马上有了特殊性。不仅如此,小说家都德加上按语:"你当然应该哭,这两件同时发生的事情你都该哭。"奇峰突起,制造悬疑。这两部小说都用一个接一个小事件表现曲折起伏的一生,我们一面读一面如同捡起珍珠。

串珠式的结构多半用于长篇小说,我也读过这样写成的短篇,赛伯的作品,《我的大学生活》。他写"我"上植物学的时候不会使用显微镜,教授费尽心机教他,他居然在显微镜里看见自己的眼睛。他写学校足球队的一位明星头脑简单,四肢发达,教授和同学怎样帮助他渡过"经济学"的难关。他写军训教官是一个将军,指挥学生操练队形变换，"我"走错了方向，将军偏说只有"我"一个人做对了。后来将军召见，"我"惴惴不安，以为会受到责罚，可是将军只顾用苍蝇拍子打苍蝇，好像忘了这个学生是谁，也忘了为什么召这个学生到办公室里来。就这样，"我"的大学生活用一个一个小事件连串起来，上大学是一种享受，一些小小的愚蠢犯下美丽的错误，将来都成了天宝旧事。不管怎么样，你在大学里泡着，你就是金童玉女，从今而后纵然不能谈笑有鸿儒，一定来往无白丁。

结构，除了串珠，还有结网。内容决定形式，《西游记》只有唐僧取经一条线，可以串珠；《三国演义》有魏蜀吴三条线反复交叉，就得织网。你也可以用"织网"的结构写唐僧取经，那就不是唐僧走在路上，妖精一个一个出现，那得在唐僧动身之前，所有想吃唐僧肉的家伙一次出现，一同开会，大家商量怎样活捉敌人，平分战果。对决开始，妖魔联军并不能真正团结，他们各怀鬼胎，都想独占私吞，这就给唐僧师徒很多机会……这样的结构比较复杂，比较困难，织出来一个很好看的图案。

法国小说家梅里美有一部作品叫《可仑巴》（今多译作《高龙巴》），也是名著，我们讨论网状结构，拿来观察一下。《可仑巴》是女主角的名字，她要为死去的父亲复仇，对象是当地的一个律师。小说开始，人物纷纷上场，可仑巴，她的弟弟，她要报复的那个嫌疑犯，还有当地的县官，还有从远方来的客人，一对英国父女。复仇者和嫌疑人交手斗争，其他人都卷进来，每个人都是一条线，各条线纠缠在一起，互相排斥也互相吸引，互相抵消也互相激发，就这样，故事情节向前滚动。《可仑巴》被称为结构最好的小说，我当年学习的时候，曾经把它的结构作成图解，欣赏其中美丽的秩序。

中国有一本言情小说，《平山冷燕》，这四个字代表四个人，它是从每个人的名字里头摘出一个字来，合成这本书的名字。平山冷燕，"平"和"燕"是男子，"山"和"冷"是女子，这四个人先后出场，展开一连串密切的互动，也就是每个人一条线，四条线你影响我，我影响你，大家都是网中人。古人说红尘是一张网，现在的人说人际关系是一张网，一个机构的组织也是一张网，读了网状结构的小说你才明白这话什么意思。《平山冷燕》照例有个大团圆的结局，"山"跟"燕"结婚了，"冷"跟"平"也结婚了，婚姻美满，生活幸福，大家都说这是俗套。俗套也可以欣赏，过年恭喜发财，过生日寿比南山，都是俗套，我们还是可以有欣赏的心情。有人说这本小说太封建，你封建我就欣赏你的封建，水浒红楼哪一本不封建，你难道还想从梁山泊的金交椅上找特蕾莎修女，从大观园的金钗里面找红色娘子军。世界上的人可爱，因为他们多彩多姿，并不是用一个模型铸造出来。

　　小说基本上是叙事，"事"是人在网中的行为，他为什么这样做，为什么不那样做，多半是因为他的个性，在小说里面，我们可以遇见许多有个性的人物，这些人物个性强烈，行为有特殊性，称为典型。有人说，写小说就是为了创造人物典型，这句话好像也不能说得这么绝对，不过"人物"仍然是小说的脊梁，我们欣赏的重点。小说是什么？有人说，小说是：一个人，遇到一个问题，他想了一个办法去解决，得到结果。有人说这样还不够，小说是：一个人，遇到一个重要的问题，他想了一个特殊的办法去解决，得到一个意外的结果。天下本无事，庸人自扰之。天下本无事，英雄自扰之。天下本无事，林黛玉自扰之，不仙风道骨做你的绛珠草，到贾府来还什么眼泪。天下本无事，堂吉诃德自扰之，不守着你不大不小的田产吃炸鸽子和小牛肉，跑出来闯荡什么江湖。还有雨果笔下的那个通缉犯，万人如海一身藏，天下本无事，偏要冒出水面帮这一个救那一个，暴露行迹，制造悲惨世界。自扰者人亦扰之，扰攘不休，小说欣赏者来看造化的奇妙，一样米养百样人，百样人有千样心，我们好比进了名山胜地，每一步都是风景。

读小说好比照镜子，我拿起镜子一看，里头是祝英台。我拿起镜子一看，里头是白娘子。我拿起镜子一看，里头是日瓦戈医生。我拿起镜子一看，里头是比尔和哲安。天上人间会相见，相看两不厌。我拿起镜子一看，里头是阿Q，鲁迅大师笔下的阿Q也有可爱的地方，阿Q，老天爷给他的智商太低，他既不能巧取又不能豪夺，一无所有，他也没有东西可以让人家巧取豪夺，这就成了一个多余的人。大师赋予他艺术形象，他就退出这个社会，别有天地，你我不可以再用这个社会的肉身形象衡量他。他不是一句口号标语，也不是一本教科书。你我不必把四万万五千万人的原罪都交给他，要他扛起来。不要怪他不革命，上帝在天上，他不是革命的料，他是革命志士要救赎的人，革命家看到阿Q，要想起自己的责任，不是想起阿Q的责任。革命，他能做什么？像他这样一个人，只能把炸药捆在前胸后背，到人群密集的地方去轰然一声，那样的阿Q不好看，我不愿意有那样的阿Q，宁愿有这样的阿Q。

好，现在大处着眼，我们来欣赏小说使用语言大量述说的能力。想当年跟老师学演说，老师规定连续讲五分钟的话，讲出有组织的内容，就及格了，为了达到老师的要求，还真费了不少力气。现在你看长篇小说，他怎么能写得那么长！有学问的人说，最长的小说是《追忆似水流年》，法国作家普鲁斯特的作品，四千多页。没学问的人说，最长的小说是咱们的鼓儿词《杨家将》，说的是宋朝杨业将军家族的故事，据说没有一个说书的人能够把杨家的故事说完。

引用王梦鸥老师一句话："小说就是大说"，他大说特说，滚滚滔滔，江河万里，挟泥沙以俱下，让我们心魂摇荡，不知今夕何夕，今年何年。有一部小说叫《琥珀》，美国作家凯瑟琳·温莎的作品，她写伦敦有一年大瘟疫，瘟疫怎么发生，怎么传染，怎样改变了生活习惯，一写就是九十页。《大宋宣和遗事》不过千把字，写成《水浒传》，96万字。《水浒传》写武松杀西门庆，不过万多字，写成《金瓶梅》，最少60万字。有学问的人说，托尔斯泰写《战争与和平》，本来计划写一个中篇，这位小说家打牌输了钱，于是小说越写越长，多赚稿费当赌本。鲁迅的《阿Q正传》本来很短，《晨报》副刊的主编孙伏园一看，竭力主张拉长，鲁迅想早点结束，伏老坚决反对。伏老出差，请了几天假，鲁迅抓住机会,赶快把阿Q枪毙了,结果只写成一个中篇,如果孙伏园不出差,《阿Q正传》很可能是个长篇。你看人家这个本事!

中国从前有一个行业,叫作说书,说书的人一面说一面增添情节,没有固定的书本。陆放翁"斜阳古柳赵家庄,负鼓盲翁正作场",写的就是这一行,有学问的人说,这一行就是小说家的前身。这一行流传这么一个故事:有一个说书的,每天带着徒弟说书。有一天他说到男主角在楼梯口把女主角抱起要往楼下摔,且听下回分解,第二天他感冒了,就叫徒弟替他说几天,故事情节也由徒弟自由构想。几天以后,说书人的感冒治好了,可以自己上场了,他问徒弟说到哪里了,徒弟说,男主角还在楼梯口抱着女主角要往下摔,师父问为什么不继续发展,徒弟说,我不知道老师究竟要他摔还是不要他摔。你看,男主角在楼梯口把女主角抱起要往下摔,这个悬疑他可以连说好几天,场子不散,这就是"大说"的能力,师父一听,拍拍徒弟的肩膀:你可以毕业了,出去自立门户吧。

刚才说我们欣赏小说家表述的能力,最后我强调,我们还要欣赏小说家隐藏的能力,"小说就是大说",现在我后续一句:小说就是"不说",他说了千言万语,都不是他要说的,他要说的没说出来。可是我们看了他说出来的,知道他没说出来的是什么,他没说的比他说出来的更多,也更大。这一手叫人看了才过瘾。

在这里我先举一个例,唐朝人写的一篇小说叫《杜子春》,那时候不叫小说,叫传奇。我以前常常谈到杜子春的故事,今天再谈一次,我非常喜欢这个故事,唯恐别人把它忘记了。重要的地方要重复,"大胆的假设,小心的求证"两句话,胡适之重复了一辈子;"神爱世人,甚至将他的独生子赐给他们",牧师也重复了一辈子。

杜子春是一个人的名字,他很想学道修仙,请求一个老道士收他做徒弟,老道士不肯,他认为杜子春只能做人,不能成仙。禁不起杜子春再三恳求,好吧,你来试一试吧。学道要上山,老道士吩咐杜子春专心打坐,不论发生任何情况,你都不可以发出声音来。不得了,老虎来舔他的脸。不得了,毒蛇来在他身上绕了三圈。不得了,起了一场大火,把他活活烧死了!杜子春记住老道士的命令,没有出一点声音。

人死了,阎王要审判他的灵魂,不管问什么,杜子春一律不回答,把阎王爷惹火了。你这刁鬼,我要好好地整你,上刀山,下油锅,一样一样来,杜子春没叫疼,没求饶。阎王一看,你还真能忍,真能受,让你投胎去做女人,你慢慢地忍、慢慢地去受吧,那时候,女人没有人权。杜子春从母胎里生出来,他不哭,长大了,他不说话,那时候重男轻女,这个家庭一看生了个女儿,已经很失望,结果又是一个哑巴,都来虐待她。她挨冻受饿,浑身是伤,她没哭过,没叫过,也没抱怨过。等她长到十六七岁,家里就马马虎虎把她嫁出去了。

出嫁并没有改变她的命运,丈夫游手好闲,天天在外面喝酒,喝醉了就回家打老婆。老婆怀孕了,生产了,这个丈夫又打孩子,做母亲的护孩子,他就老婆孩子一齐打。这个日子怎么过,可是也一天一天地过。终于有一天过不下去了,那个醉鬼又打孩子,打老婆,把孩子抢过来朝窗户外头一丢!这一丢,小说的最高潮来了,那个妈妈,也就是杜子春再也控制不住了,她什么都忘了,只听得她哇的一声大叫,这一叫,天旋地转,换了人间,妈妈,孩子,醉鬼,都没有了,只有杜子春坐在原来的地方,只有那座破庙,只有那个老道士。道士说:你让我白白浪费了这么大的功夫,我说你不能成仙,只能做人,你可以死心了吧。

这是这篇小说写出来的部分,它还有没写出来的部分,它是说,人生在世,什么都可以放弃,什么都可以被消灭,唯有母爱，那是万古长存，那是无论经过多少劫难都不会丧失，否则，你就不是一个人了！这一层意思，小说字面上完全没有，你读了小说，你发现这层意思分明存在。写出来的部分有特殊性，杜子春的人生经验总算是个独家，没写出来的部分有普遍性，母亲对子女可以牺牲一切，没有条件，没有保留，这是人类共同的品性，这叫"具体中见抽象"。已经写出来的很少，一个杜子春而已，没写出来的很多，可怜天下父母心！这叫"寓无限于有限"。

能够做到这一步，才算会写小说，能够看到这一步，才算会读小说。《白鲸记》写什么？只是在写为了一条腿去杀死一条鱼吗？卡夫卡的《审判》在写什么？只是写一个人糊里糊涂送了命吗？莫言的《生死疲劳》只是写人死后要轮回吗？《红楼梦》只是写一个家庭破产、两个女孩子争风吃醋吗？小说家要在一个人的悲欢离合中说出天下苍生的祸福，借茶壶里的风波表现国家社会的动荡，借一个张三李四让我们看见普遍的人性。可以说，这也是"放之则弥六合，卷之则退藏于密"。可以说，这也是"造端乎夫妇，及其至也，察乎天地"。有人说，小说家为人类的过去写寓言，为人类未来的历史写预言。常言道会看的看门道，不会看的看热闹，只看它写出来的部分，那是看热闹，能看出它没写出来的部分，那是看门道。欣赏小说要既能看热闹，又会看门道，学会看门道，看起来更热闹。

2015 年 4 月应纽约妇联会之邀在纽约文化中心演讲

戏剧欣赏

在文学艺术的疆界里面有三个板块,也就是三个部门,一是创作,一是欣赏,还有一个叫批评。创作是演戏,欣赏是看戏,批评是讲这出戏好不好。说一个比喻,创作是做菜,欣赏是吃菜,批评是给你四颗星还是五颗星。这些年我有一个感觉,大家很鼓励创作,忘了鼓励欣赏,写文章的人增加,读文章的人减少。我想写文章是为了给人读,做菜是为了给人吃,需要有人做菜,更需要劝人吃菜。

戏剧欣赏,先介绍戏剧的定义,什么是戏剧。这个定义是有学问的人定下来的,他说戏剧是:"演员,当着观众,在舞台上,表演一段精彩的人生。"我有一本书叫《文学种子》，使用过这个定义，它里面有几个要素：演员，观众，舞台，表演，人生。

先说人生。人喜欢看人，看别人怎么活，看别人活成什么样子。元宵节他是去看灯吗，他看人。博览会他是去看新产品吗，他看人。大游行他是去看标语口号吗，他看人。大年夜他到时代广场是去看那个灯球吗，他看人。人喜欢看人。人对人有兴趣。正因为如此，世界上才有戏剧这一行。

有一个人移民到美国来，住在纽约。几年以后，他遇见一个多年不见的老朋友，朋友问他好吗，他说，想看我笑话的人总算没看到。这个人警觉性很高。俗语说"人在做，天在看"，其实多半是"人在做，人在看"，十目所视，十指所指。人最快乐的事情就是看见别人不快乐，所以舞台上有悲剧；人最高兴的时候就是看见别人犯错误，所以舞台上有喜剧。孔子，基督，佛陀，都教我们要快乐，不要犯错误。可是快乐的时候往往是我们最容易犯错的时候，这一门课最难修，戏剧可以给我们课外的补充教材，正面的反面的教材都有。

人花钱看戏就是为了看人，可以专心一致看人，可以放心大胆看人，可以从头到尾看人，可以从公园看到卧室，从外表看到内心。看人的生老病死，悲欢离合，酒色财气，得失成败，贤愚智不肖，看个够，看个透。从前演京戏的舞台两旁有一副对联："尧舜净，汤武生，桓文丑末，古今来几多角色？日月灯，云霞彩，风雷鼓板，宇宙间一大剧场。"上联的意思是，人类的历史就是一部连续剧，尧舜禹汤文武周公齐桓晋文都是演员；下联的意思是，宇宙是一个大戏院，大自然的种种景象，都是灯光布景音响效果。

戏剧表演的是精彩的人生，不是平淡的、枯燥的人生。观众是自由的，花钱买票入场，演戏的人知道怎么吸引他来，怎么样他不会看了一半就想回家，怎么样让你下次演戏他还要来看。观众不是因为爱国来看戏，不是因为受教育来看戏，不是因为上天堂、不是因为成佛成菩萨来看戏，他来看戏，因为你的戏很精彩。

什么是精彩？怎么样才会精彩？戏剧是一门学问，有学问的人提出一个名词，叫"戏剧性"，第一个是冲突，他们说没有冲突就没有戏剧，一个巴掌拍不响，没有戏，针锋相对，有戏。退一步海阔天空，没有戏，得寸进尺忍无可忍，有戏。十七八岁的大姑娘，男朋友请她看电影，吃宵夜，叫了一辆计程车送她回家，走在半路上，大姑娘说 Stop！司机赶快停车，大姑娘说，你继续开车吧，跟你没关系，这里头有戏。公主和王子结婚，从此过着快快乐乐的生活，故事就结束了，没有戏了。

中国历史上有个著名的美女，西施。那时候中国分裂成好多个诸侯国，西施是越国人，越国国王把她献给吴国的国王，教她引诱吴国的国王腐化堕落，后来越王勾践打败吴王夫差，报仇雪恨，西施的贡献很大。越国有个功臣叫范蠡，他本来很爱西施，越国和吴国的战争结束以后，范蠡马上辞职，带着西施走了。据说他们买了一条船，住在太湖上，做神仙伴侣去了。用这个故事编歌舞剧，很好，用这个故事拍剧情片，就显得冲突不够。

中国大陆有位编剧家，罗怀臻，他写了一个剧本，挺有名，叫《西施归越》，吴国灭亡以后，西施又回到越国去了，西施不能远走高飞，人走了茶凉，人走了锣鼓停了，不是冤家不聚头，大家纠缠在一起才有好戏。越王勾践的政府怎样看待西施呢，有人认为西施作出很大的牺牲，功劳很大；有人认为西施在敌人那里享荣华，受富贵，是越国的罪人，这两派本来是政敌，现在借西施做题目斗起来。这个问题还没有解决，又发现西施怀孕了，她是带着吴王夫差的遗腹子回来的，那么越国怎么对待这个孩子，要他生还是要他死，母子两个都杀掉，还是母子俩都活下来，还是杀掉一个留下一个，这就热闹了。

所以戏剧家喜欢从战争里头找题材，有战争就有冲突。日本军队侵略中国，中国坚持抗战到底，兵学家蒋百里有一句名言："胜也罢，败也罢，就是不要跟他讲和！"这就数不清产生了多少可泣可歌的故事，数不清编剧家编了多少抗战剧，数不清那些演戏的剧团剧队剧社演了多少场，更数不清一共有多少人来看。

精彩，除了"冲突"，还有"危机"，你我观众都看出来马上就要发生危险，可是戏里面的人不知道。耶稣说，洪水灭世的时候，人照样又吃又喝，又嫁又娶，洪水忽然就来了，这话很有戏剧性。有一位太太，发现丈夫在外面包了"二奶"，借口要出差，其实是幽会。这位太太非常生气，表面上装作不知道，暗中想办法报复。她的丈夫有心脏病，随身携带一种救急的药丸，如果心脏病发作，赶快吃这种药丸，再进医院抢救，如果不吃这种药丸，来不及。这位太太去买了一种胃药，药丸的颜色和形状跟心脏病的药丸很相近，丈夫要出差了，她替丈夫整理随身的箱子，把药瓶里的心脏病药丸倒出来，换上她买的胃药。从这时候起，这个花心的丈夫就活在危机之中，后面的戏，让观众看得全神贯注，看得津津有味。一直看到那个丈夫在外面心脏病发作了，也看见他把胃药吞下去了。当然，这个丈夫没死，人死了就没有戏了,戏还要演下去,这是中间一个桥段。

抗战时期,日本军队占领了半个中国,在日本军队的占领区,到处都是抗日的游击队。那时候我的年纪很小,也参加抗日,我们受到日本军队的攻击,就往山区里头逃,日本军队紧紧地跟在后面追,从白天追到黑夜。老天爷降下倾盆大雨,天地间一团漆黑,要靠天上有闪电的时候才看得见脚底下的羊肠小径。山路崎岖,人人一直拼命往前走,走着走着前头怎么停下来了,原来前头是个悬崖,前有悬崖,后有追兵,这可怎么办!司令官当机立断,他下命令向后转,走回去!冤家路窄,万一碰上日本军队呢,那也得回头走,总不能守着这个悬崖。走进来是危机,走出去是更大的危机,危机一步一步升高,这就叫精彩。你当然知道,我们是走出来了,今天我才能够站在这里。如果拍电影,编导不会让我们平安无事走出来,他要戏更好看。

冲突,危机,还有一个是"对照",有学问的人也说,没有对照就没有戏剧。我有一本书,名叫《文艺与传播》,台北三民书店出版,特别指出:一个现象如果单独存在可能很平板,如果配偶上一个相反的现象,马上就活起来。像白山黑水,人小鬼大,南船北马,天高地厚,死去活来,这些成语都很动人。古人写诗填词讲究对仗,无意中给戏剧家留下很多启发,例如"朱门酒肉臭,路有冻死骨",例如"大漠孤烟直,长河落日圆",例如"战士军前半死生,美人帐下犹歌舞",例如"两个黄鹂鸣翠柳,一行白鹭上青天"。宋朝的晏殊是大词人,他有一句"无可奈何花落去",下一句一直想不出来,有人告诉他可以用"似曾相识燕归来",两句对照,非常出名,连整首词都提升了。

所以舞台上总是有一刚一柔(霸王虞姬),一动一静(关公马僮),一智一愚(劳莱哈台),一美一丑(千金小姐傻大姐丫环),或者一富一贫,一老一少。

人生无始无终,滚滚长江东逝水,人生代代无穷已,一出戏只是表现其中一段,在这一段开始之前,人生有无穷的过去,在这一段结束之后,人生有无尽的未来。四川成都的宝光寺有一副对联,下联是"天下事,了犹未了,何妨以不了了之"。戏剧家说我用艺术手法来处理,我由引起你的兴趣开始,让你的兴致越来越高,然后到你兴尽为止。这叫有开头,有中段,有结尾。开头要引人入胜,中间要让你欲罢不能,结尾要有余不尽,开头和结尾都很短,中间这一段最长,上升,下降,再上升,再下降,波浪式前进。越升越高,升到一个最高点,急转直下,戛然而止。

莎士比亚的《王子复仇记》,由王子知道他父亲被人谋害开始，他一直想复仇，仇人是他的叔父，这个人毒死国王，篡了位，自己做国王。王子想杀死他报仇，他也想除掉王子免除后患，这两个人都不容易一下子得手，拖了很久，有一个很长的中段。这件事不能不了了之，最后摊牌，"欠命的，命已还，欠泪的，泪已尽……好一似食尽鸟投林，落了片白茫茫大地真干净！"观众看到这里就让他回家罢，回家以后再仔细回味。

抗战时期，八百壮士坚守上海的四方仓库，后来拍成电影。"八百壮士"是淞沪战役的英雄，淞沪战役是卢沟桥事变的延长，卢沟桥事变的背后是日本军阀想灭亡中国，这真是小孩没有娘——说来话长。戏剧只取一段，中国军队从上海战场撤退，谢晋元团长率领部下守住四方仓库，掩护大军的安全，这是开始。谢团长受日本大军围攻，上海的商会和外交使节也来劝说，怎么也不肯投降，这是中段。中国女童军杨惠敏半夜爬过封锁线，把一面国旗送到谢团长手中，旗在四方仓库的楼顶升起，全上海、全世界都在看，都很兴奋，这是结尾，后事如何，戏剧不管，那是历史家的事了。

现在说到表演。戏剧"表演"一段精彩的人生，表演不是把故事说出来给你听，要把冲突危机对照都做出来给你看。演戏的舞台，有个说法叫"三面墙"，本来一间房子有四面墙，屋子里头的人在喝酒还是在炒股票，墙外头的人看不见，舞台是把第四面墙拆掉，你可以直接看见屋子里发生的事情。里面怎么会正好有两个人在偷情呢，怎么会正好有一个人想自杀呢，舞台上本来是空的，一个空空的舞台可以发生任何事情，这些精彩的事件并不是真正发生，而是由演员"表演"它发生，观众动了感情，入乎其内，好像亲身经历了那个场面。所以看戏有好处，让我们增加人生经验，通达人情世故，让我们的人格更丰富。

所以看戏就是看表演，演戏的人要把一切叙述变成表演，把一切形容变成表演，把一切评论变成表演。不能光说我累了，他喝醉了，不能光说"他是武松，他很勇敢"，不能光说好可爱哟，好可怕哟，好烦哟，好小气哟。心理学有个名词叫"剧化"，看不见的起心动念转变成看得见的言语造作，就像演戏。电影里面，丈夫总是在外面过夜，妻子在家里做什么？她用剪刀剪丈夫的西装，把一套新西装剪成满地碎片，她很用心，很用力，一剪刀一剪刀一点也不马虎，好像在做一件重要的手工，你想她心里是什么滋味？这就是剧化，这就是表演。

戏剧是在舞台上表演，刚才提到三面墙，那叫镜框式的舞台，也是我们常常看见的舞台。在舞台上演戏有所谓三集中：时间集中，地点集中，人物集中，你要在一定的时间、一定的地点、有限的几个人物，演出一个故事，我们不是说人喜欢看人嘛，这样观众看人方便，观众的注意力集中。拿戏剧跟小说比较，三集中的特点非常明显，《水浒传》可以让各路的英雄好汉一个一个上梁山，戏剧只能演武松打虎或者宋江杀惜，《红楼梦》可以在贾府、甄府、官场、江湖发生许多故事，戏剧只能在大观园里演出贾宝玉的三角恋爱。

三集中演出独幕剧没有问题，如果故事从开始到结尾的时间很长，剧中人集中活动的地点也不止一处，那就编成四幕剧五幕剧，"分幕"等于是把一出大戏分成好几个"三集中"来处理，故事的主线一贯到底，所以有人增加一条"故事情节集中"。吴祖光编写的《凤凰城》号称是第一部抗战剧，凤凰城是中国东北的一个地名，那里有一个爱国青年叫苗可秀。这出戏分成四幕，第一幕，日本军队在东北作恶太多，苗可秀辞别他的新婚妻子，参加抗日。第二幕，苗可秀跟日本特务斗法。第三幕，苗可秀带领农民起义抗日成军。第四幕，苗可秀被俘，不肯投降，有一个韩国派出来的女间谍想救他，没有成功，日本占领军杀死了他。

抗战胜利以后我到东北，坐在火车上行军，看见车窗外面一个车站的名字叫凤凰城，想起《凤凰城》这出戏，想起日本兵抓走苗可秀时，他怀了孕的妻子叫着"可秀！可秀！"声音很尖锐，很响亮，很悲愤，我当时受到的震撼，到现在还有大地震以后的余震。

抗战剧还有一出大戏《野玫瑰》，非常卖座。重庆派出一个美女情报员，到北京的一个大汉奸身边卧底，间谍的工作很惊险，处处和敌人针锋相对，既有危机又有冲突，故事情节非常精彩。重庆还派了一个青年男子打进大汉奸的小圈子，情报员彼此之间没有横的联系，这一男一女两个抗日的英雄以为对方是敌人，折腾了一阵子才弄清身份，这个过程也很刺激。最后美女情报员掩护那个男同志逃走，又挑拨大汉奸和他的警察厅长翻脸，铲除了这两个卖国贼。这出戏分四幕，以那个美女特工做核心贯串全局，地点和人物都集中，时间分成四个段落。我看这出戏的时候抗战进入最艰苦的阶段，四面烽火，人的意识里充满了危机感，在这样的环境里看危机四伏的间谍故事，那种孤臣孽子的感受特别深切。

那时候还有一种街头剧，街道旁边就是舞台，走路经过的人不知道是演戏，停下来看个究竟，人越聚越多。有一出街头剧叫《放下你的鞭子》，一个老汉带着一个小女孩在街头卖唱，实际上就是做乞丐，小女孩没饭吃，饿昏了，唱不出来，老汉还要打她。观众看不过去了，上前干涉，这才知道老汉是难民，家乡给日本军队占了。下面当然是老汉控诉日本军队的暴行，观众义愤填膺。这出戏没有一定的台词，演员也不一定受过训练，也不需要特别准备服装，几乎人人可以演，处处可以演，连我都演过那个唱歌的小女孩，那个老汉说，在家靠父母，出外靠朋友，这两句话就是从那时候学会的。一个小型的演剧队可以一面走一面演，这个村子演完了到下个村子，一天演三场五场，八千里路云和月。

戏剧是当着观众表演，要有观众在场，这也是戏剧与众不同的地方。我们写一首诗，写一本小说，写完了，即使锁在抽屉里没人看见，你的作品已经完成，如果演戏，现场没有观众参加，不能算是演出，只能算是彩排。戏剧不能孤芳自赏，不能藏之名山、传之其人，由编剧到导演到演员，都得问自己观众在哪里。法国有一个戏剧家说，"我是伺候群众的人"。

你写一首诗，只要一支铅笔和一张纸，你公演一出戏，那要花很多钱，你得找人投资。你出一本诗集，卖不掉，好像还抬高了你诗人的身份,你公演一出戏,或者拍一部电影,如果没人来看,你在这一行就黑了,再赔一次,恐怕要身败名裂。戏剧是艺术品,也是商品,它有双重性格,赔本的生意没人做。

美国好莱坞拍过很多经典之作,它的生意算盘也很精明。一部喜剧从头到尾要分布多少笑料,每隔多少时间要观众笑一次,机警睿智的高级幽默、雅俗共赏的大众趣味、庸俗粗野的下等动作,三者如何交叉配置,都费心经营安排。在台湾,好莱坞的某一部喜剧来了,我曾经先到钻石地区票价很贵的头轮电影院去看一遍,然后到偏僻乡镇票价很低的三轮电影院去再看一遍,我发现两处观众对同一部电影的反应不同,头轮电影院里头的观众笑了,三轮电影院的观众没笑,三轮电影院里头的观众哄堂大笑,头轮电影院的观众笑声不多。电影的编导知道观众的欣赏能力有高有低,要让各层各等的观众都可以各取所需,把戏票都卖出去。

好莱坞拍了很多战争片,在战场上,将军都好像很笨,他手下的士兵聪明,勇敢,运气也不错,一切看他们的,所以那些大明星都在战争片里演军曹,也就是班长。这是为什么?你想想看,看电影买票数人头,一个人一张票,将军也是一张票，大兵也是一张票，将军的人数多还是士兵人数多？有很多电影以医院为背景，演医生护士和病人之间的纠葛，病人总是很委屈，医生护士总是相当可恶，为什么？你想买票看电影的人，是医生多还是生过病的人多？美国号称是个拜金的国家，钱说话，人听，好莱坞尤其势利，可是好莱坞拍的片子从来没有瞧不起穷人，处处维护穷人的自尊心，为什么？你想社会上是穷人多还是富人多？

抗战时期，后方的大城市里演大戏，小乡小镇演小戏，这些小戏在设计的时候针对农民和劳苦大众的理解能力与人生哲学，敌人打进来了，杀人放火，咱们把他赶出去。别看中国人好欺负，狗急了变狼，人急了变流氓。你也只有一条命，你也是血肉之躯，白刀子进，照样红刀子出。你人少，我们人多，每个人吐口唾沫也淹死你。你的飞机再多咱也不怕，天上的乌鸦那么多，拉屎也没拉到我身上。大炮声音很响，一个炮弹一个坑，一个萝卜也是一个坑，大坑小坑咱们见多了，我正好想挖个养鱼池，你炸个大坑，我省很多力气。这些话，劳苦大众爱听，老大娘老大爷爱听。话剧队到农村去宣传抗日，地方上的人为他们在野外临时搭一个戏台，不是镜框式，不是三面墙，这种舞台把三面墙都拆了，三面都是观众，观众太多了，四面八方，扶老携幼。没有现代的扩音设备，看不清楚，听不明白，还是站在那里看，人民大众有创造力，一面看一面自己编剧情，也看得非常入神，回家以后一个月两个月茶余饭后谈起来没完没了。抗战时期的待遇很低，有些剧团剧队根本就没有经费，他们到农村，到山区，到很偏僻的地方去，那里的人也很苦，不能好好地款待他们，可是演员有了这样热情的观众，他就不要命了，有多少演员累病了，病了找不到医生，累死了。

最后一个要素是演员，表演要靠演员。看看京戏（平剧），就知道演员有多重要，当年平剧界的人常说，"三年出一个状元，三十年才出一个戏子。"现在早已不叫戏子了，叫明星，表演艺术家。一个戏班子，一个剧团，是以一个表演艺术家为中心组织而成，剧团的人管这个演员叫老板，梅兰芳是梅老板，程砚秋是程老板，他才是领导，戏班子上上下下靠他吃饭。

前面说过，人对人有兴趣，人对招牌没有兴趣，观众进戏院是来看演员演戏，同样一出戏，看谁演，同样一首歌，看谁唱，同样几个字，看谁写。培养明星，制造明星，是好莱坞的一门学问，也是一大项目，专家为他设计服装、化妆，为他安排灯光、布景，音乐家为他作曲配乐，编剧针对他构想故事情节，配角烘云托月，三千钟爱在一身，借着他来征服观众。平剧界有两句话：人捧戏，戏捧人，一出戏本来平常，只因某一位大老板演出，这出戏从此红了，这叫人捧戏。某一个演员本来平常，只因某某大导演起用她，让她担任大戏的主角，这个演员从此红了，这叫戏捧人。两者互用，可以培养明星，制造明星。

看戏也讲资历，资历有深有浅。第一个阶段看戏看故事，司马懿带着军队把诸葛亮包围了，诸葛亮干脆打开城门欢迎敌人进来，司马懿一看，诸葛亮这个人一向小心谨慎，这里面一定有阴谋诡计，他不进城，他退兵。诸葛亮跟司马懿赌了一把，赢了。第二个阶段看戏看演员，马连良演诸葛，唱腔明亮，节奏轻快，充满了自信，胜利在意料之中。杨宝森演诸葛，嗓子低沉，音色苍凉，一个饱经忧患的人，"临事而惧，好谋而成。"

第三个阶段看导演手法，莎士比亚有一个剧本叫"一磅肉"，戏里面有个犹太人，专门放高利贷，他把钱借给一个白人，签了契约，如果到了时候不能还钱，这个犹太人可以从那个白人身上割下一磅肉。后来借钱的人不还钱，放债的人要照契约办事，双方打官司。那个白人，那个借钱的被告请了一个很利害的律师，律师说，契约上只说割肉，没说带血，你可以从他身上割下一磅不带血的肉来。这是做不到的事，结果原告放高利贷的犹太人败诉，被告不还钱，他不能割肉。

当年白人的社会里演这出戏，犹太人的社会里也演这出戏。在白人社会的舞台上，这是有钱的人放高利贷剥削没钱的人，那个犹太人很可恶，应该教训他一下，看他的官司输了，皆大欢喜，导演把这个剧本处理成喜剧。在犹太人的舞台上，白人欺负犹太人，借了钱硬是不还，犹太人是少数，是弱者，教人同情，导演把这个剧本处理成悲剧。剧本没修改，只是各有各的导演手法。

欣赏戏剧，是欣赏"演员，当着观众，在舞台上，表演一段精彩的人生"。为什么没说导演？我问过有学问的人，他说，导演也是一个演员。

2015年8月在纽约华侨文教中心演讲

人生戏剧化

我喜欢把生活经验记下来,让许多人许多人分享,我有"记录癖"。后来我知道,只会记录并不够,作家要把他的人生经验戏剧化,再写成作品。"戏剧化"是翻译过来的术语,当年有人翻译成"精彩",有人翻译成"有声有色"。

佛经上说,有这个因就有那个果,"此起故彼起,此生故彼生"。冯梦龙把它戏剧化了,他说,某个地方有一座庙,庙里供着一尊用木头雕成的佛像。村子里有一户人家很穷,到了冬天,没有燃料做饭,他到庙里去偷那尊佛像,把佛像劈开当柴烧。村子里有一个木匠,他到庙里去烧香拜佛，发现佛像不见了，他回家雕了一尊佛像，送到庙里供奉。那个穷人到处找燃料，他听说庙里又有佛像了，他再去偷，那个木匠，那个佛教徒，也赶紧再去补充。

一年又一年，年年冬天都是这样。后来，偷佛像的人和雕佛像的人都死了，阎王审判他们的灵魂，毁坏佛的金身是大罪，那个小偷罪业深重，要下第十七层地狱。那个木匠，那个不断为佛陀造像的人，受的处罚更重，阎王把他打入第十八层地狱。为什么呢，阎王说，正因为你造了那么多佛像，他才毁坏了那么多佛像，佛的金身才受到这么多的侮辱，要不然，那个小偷哪里有机会造这么严重的恶业？木匠的责任比那个小偷还要大。

"戏剧化"，活像演戏。报馆里来了个新编辑，常常受总编辑责备，生了一肚子闷气。有一天他买了一个西瓜，特别选了红瓤的瓜，左手捧着西瓜，右手拿着切西瓜专用的大刀，他说我请总编辑吃西瓜，"咚"的一声把西瓜放在总编辑的办公桌上，手起刀落把西瓜劈开，然后喀嚓喀嚓一连几刀，刀尖对着总编辑伸出来又收回去，收回去又伸过来，刀上带着血红的西瓜汁。他这是干什么？这就是戏剧化。

这时候我知道，为什么说文学作品是表现人生，不是记录人生，记录还没有戏剧化。为什么说文学作品是诠释人生，不是解释人生，解释还没有戏剧化。人人都有一种烦恼，理智和情感的冲突。可以说，人每天都在理智和情感的冲突之中。纽约市的某一位市长公开告诉市民，纽约市地铁上的乞丐都是骗子，他们的收入比你好，可是，你坐在地铁的车厢里，看见一个女孩爬过来，你还是忍不住掏钱给她。事后想想，她不能走路也许是假装的，究竟该不该对她施舍？你就有了理智和情感的冲突。这时候，你的"理智和情感的冲突"还没有戏剧化。

　　在《白蛇传》里面，"理智和情感的冲突"就完全戏剧化了。白娘子代表人的情感，法海和尚代表人的理智，那个许仙承受两方面的压力。"情感"教人做喜欢做的事，"理智"教人做应该做的事，我喜欢抽烟，医生说不要抽烟，应该戒烟，医生就代表理智。有人抽了又戒，戒了又抽，抽烟有害处，我认了，担当了，戒烟有益处，你那点儿益处我不要总可以吧！这是普通戒烟，如果是戒鸦片，戒毒，往往要警察把吸毒的人送进医院，限制自由，他既是病人，又是犯人，烟瘾发作的时候，医院把他绑在病床上，由他忍受痛苦，这时候，理智就很冷酷，情感就很激烈。这个病人犯人要自杀，或者要杀护士。理智冷酷，情感任性，冲突不断升高，就会闹出乱子来，所以法海和白娘子斗法，水漫金山。

戏剧化是"客观化"，可是在戏剧化的过程中间，作家的性格、修养、见识、格局都是变数，客观中有主观，因此，戏剧化也是个别化，特殊化。"此起故彼起，此生故彼生"，原文照念，人人一样，经过戏剧化的诠释，有了分别。有人解释为善有善报，恶有恶报，种瓜得瓜，种豆得豆，这不是戏剧化，这是哲学化。

人对他的生活经验可以戏剧化，也可以哲学化，文学作家倾向戏剧化，他唯恐哲学化造成简化，简化往往制造教条。善恶因果，一言难尽，善有善报，恶有恶报仅为其一；可能善有恶报，恶有善报，可能目前的善报日后演变为恶，目前的恶报日后演变为善。冯梦龙的诠释超出了善恶论断，"有是因，有是果"，他没说善恶，没说谁是瓜谁是豆，善恶因果可以有多种组合，因此，戏剧化又是深刻化，丰富化。

人生在世要尽很多责任，很累，忽然想放松一下，逃避一下，自己对自己犒赏一下。诗人说："人生行乐耳，富贵须何时！"这个表述倾向哲学化，他只做出结论，另一个诗人说："昼短苦夜长，何不秉烛游！"他倾向戏剧化，写出"秉烛夜游"的具体过程。表述过程时，结论尚未产生，做出结论时，过程业已消失。"昼短苦夜长，何不秉烛游！"填补人生的空虚寂寞，改用肢体活动冲破夜的牢笼，所谓秉烛，应是高举火把，可以想象，书桌上的烛台，经过电影剪接"溶出溶入"的手法，化为火把；火把的光线很强，手持火把的人为同伴照明，自己的眼中的能见度很低，所以当年夜间出游必定呼朋引类，成群结队，一片火把制造暂时的白昼。南北朝的大诗人这么干的时候，地方官府误以为出现山贼。哲学化使读者思考，戏剧化使读者兴味盎然。文学作家大都追逐戏剧化。

原载 2015 年 12 月 4 日《光明日报·副刊》

张火丁的两出戏

京剧《锁麟囊》，多少名角名票演过，多少爱好京戏的人都看过，张火丁女士来纽约登台演出，大家还是要看，因为看京戏不是看本子，是看"角儿"，也就是看演员，看明星。上次你看的是"李海燕的锁麟囊"，这次要看的是"张火丁的锁麟囊"，都是好戏，不一样就是不一样。名字能够放在剧目的前面，就不是一般的"角儿"，用今天影剧界的宣传口吻，那是明星里面的天王巨星，超级巨星。影剧界安排座次名号十分慎重，要众家演员服气，要无量观众接受，"张火丁的锁麟囊"，七个字响当当，目前纽约你我都听到了。

《锁麟囊》的故事很简单，京剧是歌舞剧，情节要简单，歌舞才有发挥的余地。《锁麟囊》的故事也很曲折，既是戏剧，就不能让人一眼看到底。既要简单又要曲折，全凭编剧家的本事，《锁麟囊》剧本的作者翁偶虹，我看过他编的《李逵探母》，感动得一塌糊涂，我也看过他的《红灯记》，那是天下只剩八出戏的时代，他有其一，真不容易。这出《锁麟囊》，听说是专为发挥程派的长处编成，程砚秋大师在世时非常赞赏，如今也在古典之列了。

　　长话短说，锁麟囊是一种绣成的荷包，里面装着金银珠宝，本是富家小姐薛湘灵的一件嫁妆。她出嫁的这一天，贫家女子赵守贞也出嫁，两座花轿都到一座亭子里避雨，"有钱的人任性"，薛湘灵听见赵守贞啼哭，一时动了恻隐之心，顺手把锁麟囊送给她了。这件事做过以后早已忘了，两个新娘子都没走出花轿，谁也不认识谁。多年以后，天灾人祸发生，薛家穷了，流落外乡，无以维生，赵家富了，家大业大，还摆香案供着这个锁麟囊，思念恩人。她要雇用女仆照顾儿子，薛湘灵进了赵家。经过一番曲折，当年的那一件锁麟囊揭露冰山，赵家对薛湘灵热诚回报，帮助她全家团圆，还跟她分享财富。

　　京剧的剧本多半不是给我们读的，它是给导演演员准备的，它是演出过程中的一个环节，我们能看到的是最后的表演。歌舞剧的剧本更像一个花架，让花枝沿着它的框架发展，朝着观众开出繁盛的花朵。"锁麟囊"开始是富家小姐挑剔嫁妆，男仆女仆忙得团团转，这是生活戏。出嫁途中到春秋亭避雨，一富一贫相遇，两个新娘都坐在轿子里面没有出来，用大段唱功展开剧情，音乐的成分加重。后来薛家小姐到赵家去照顾孩子，那小孩也非常顽皮任性，和富有时期的薛湘灵遥遥对照，在小主人的无理纠缠之中，薛女没有馀裕发抒感伤，演出了难度最高的内心戏。那顽皮的小男孩竟要求薛湘灵伏地扮马！这场景如何能由青衣演出！编剧"行到水穷处"突然拔高，把它转化成一场舞蹈，这一场好看极了。《锁麟囊》要求演员从各方面展现表演才能，所以张火丁女士认为是难以再得的剧本。对我们纽约的观众来说，观赏此剧，张火丁也是难以再得的演员。

《锁麟囊》是喜剧和感伤剧的结合，外面环境的动荡和内心情感的变化都很激烈，歌舞的艺术形式作了疏散和节制，做到"喜怒哀乐之未发，谓之中，发而皆中节，谓之和"，很好。京戏也承认人性有丑恶，人生有痛苦，人世有不公不平，这些都是过程，到最后，总会给你一个安慰，很好。看京剧可以深明人情世故，但是不会愤世嫉俗，可以勘破兴衰荣辱，但不会消极悲观，我觉得到了今天，我们仍然需要这样的生活态度。

人与异类相恋，这一类故事很多，起初也很简单，比方说一条蛇修炼成精，化身美人，跟人结婚，后来人发现她是"妖"，把它赶走，那"妖"也好像自知理亏，乖乖地消失了。

人人爱听故事，故事万口流传，在传播转述中不断加以增添修改，这是人类的天性。就这样，故事的内容越来越丰富，这时，说书的人看上这个故事，早期说书没有固定的书稿，他一面讲说一面创作，故事越说越长，也越精彩，同一个故事，各地的说书人有不同的版本。

然后，轮到擅长写作的人了，他搜集各种版本加以整理编辑，再用自己的文才补充润色，使它符合文学上的各种要求。这个故事是四面八方爱听故事的各色人等"集纳"而来，自然符合文学人口各方面的兴趣，稿本由此写定。"白蛇传"大概就是这样形成。

故事一旦"成形"，也就是有开头，有结尾，中段的发展有冲突，有转折，整个故事既统一又有变化，就可能由戏剧家搬上舞台。古时候，戏剧家好像很少自己创作故事，他们用现成的故事改编，他们在改编时对故事赋予新的意义，后世称为再创作。中国的国土广大，各地有各地的戏剧，同一个白娘子，在汉戏（湖北）中有汉戏的面目，在婺剧（浙江）中有婺剧的精神。然后，大戏剧家来了，他吸纳众长向上发展，不只是故事，还有唱功做功，化妆服装，音乐伴奏，大戏剧家凭他的匠心选择组合，如百花之成蜜，如众星之拱月，如群山之朝岳。这样就有了全国性的戏剧，世界性的戏剧，这样的戏止于至善，尊为古典，京剧《白蛇传》就是这个样子。

后世艺术家对古典有两种态度，一是诠释，一是颠覆。后者按下不表，且说前者，当代京剧大师张火丁正要为了诠释《白蛇传》到纽约登台。诠释不是解释，诠释是"示现"，不同的诠释作出不同的示现，你我看了示现以后自己得到解释。《白蛇传》演出的时候，观众要看要听张火丁的示现，在这出戏里面，他是百花成蜜后的"蜜"，众星拱月时的"月"，群山朝岳中的"岳"。故事里有一千多年以来的文学天才，京剧里有几百年以来的戏剧精华，张火丁数十年的功夫一身承传，加上自己的独造，以数万里的长程前来献于一夕。想到这里，真觉得你我得天独厚。

说到诠释，最早民间故事，白娘子近似妖女；进入说部，她演化为仙女；京戏加工塑造，游湖借伞，她是美女；

盗仙草救丈夫，她是奇女；斗法海水漫金山寺，她是痴女；压在雷峰塔下，她是弱女；搬上舞台，诠释的难度很高，平常演员顾此失彼，完美的演出首推程砚秋。张火丁承袭程派衣钵，尽得真妙而自有慧心，她赋予白娘子侠气，使这个美女、奇女、痴女、弱女，到底不失为侠女。一往情深，全力以赴，敢作敢当，不计成败利害，舞台上的艺术魅力化为舞台下的人格魅力，不管到哪里演出都座无虚席，张火丁女士不愧大师，不愧她的豪情壮志："京剧从未没落。"

艺术的表现者毕竟是人，有天才的个人，社会极其单一化的时候，犹能容得下梅兰芳，犹能产生张君秋，岩石的裂缝里有土壤，就能展开一丛兰花，或者立起一棵苍松。学京戏成材太难，成名更难，得其精妙的人非常少，一旦得到了，也非常永久，非常受尊重，非常受拥戴，留下别人不能留下的东西。"京剧从未没落"，担心的是我们往往错过。

选自 2015 年 9 月 8 日《光明日报》第 15 版

诗欣赏

（一）

语言文字有三种功能：

一，使人"知道"，例如我们每天看到的新闻报道。

二，使人"同意"，例如我们每天读到的社论。

三，使人"感受"，例如我们在副刊上偶尔读到的诗。

我们做过这样的练习："贵州茅台酒一连六次夺得全国美酒比赛第一名"，这是增加我们的见闻；"全国美酒比赛的评审偏爱茅台"，这是希望我们同意他的判断；"最好的酒出在自己的家乡"，这句话既不能成为知识，也没有人赞成他的意见，它使我们仿佛看见一个人患了严重的怀乡病，感同身受。

还有，"他昨天喝醉了"，这是说明事实，"他昨天喝多了"，一字之差，由说明变成批判。"他喝了很多酒，以为自己是个上将"，这句话传达的既不是事实，也不是意见，而是让我们心目中出现一个"醉态可掬"的形象。

如果认定使用语言文字只限增加阅听者的知识和判断力，"最好的酒出在自己的家乡"，"他喝了很多酒，以为自己是个上将"，这两句话没有一写的价值。可是这样两句话很受欢迎，比"他昨天喝多了"和"全国美酒比赛的评审偏爱茅台"更值得一读，留下更隽永的回味。

这就说到诗，本来凡是散文能做的，诗也几乎都能做，可是诗能够做的，散文未必都能做，在某一方面只有诗可以做、只有诗可以做得好。有些诗人鼓吹"纯诗"，把诗和散文严格区分，他们的诗不再传达知识和意见，只诉诸感受，写诗不是增加读者判断的能力，而是启发悟性。这样的诗非实用，非理性，非逻辑，甚至不可言诠。

（二）

席慕蓉《一棵开花的树》：

如何让你遇见我
在我最美丽的时刻　为这
我已在佛前　求了五百年
求祂让我们结一段尘缘
*
佛于是把我化作一棵树
长在你必经的路旁
阳光下慎重地开满了花
朵朵都是我前世的盼望
*
当你走近　请你细听
那颤抖的叶是我等待的热情
而当你终于无视地走过
在你身后落了一地的
朋友啊　那不是花瓣
是我凋零的心

　　诗人用拟人手法，写出一棵树的痴心，我们也有痴心，因此我们觉得这棵树是我们的同类。这棵树，这个同类，满怀炽烈的愿望，却处在完全被动的地位，只有希望川流不息的世事，有一天把机会送到眼前，这也是我们曾经有过、或正在抱着的梦想，那时，它几乎就是你我生命的全部。

那棵树站在路旁等待，一如你我在人生的十字路口等待，这时，你觉得你自己就是那棵树了。披发行吟江畔的屈原，站在望夫石上的少妇，昭阳日影下的宫人，北望王师的遗民，都在"暂时"中等待永久。你，我，他，这些人结成一个族群，彼此息息相关。等着等着，机会出现了，机会走近了，机会面对面了，诗的张力缓缓拉满，你，我，他的情绪步步升高，终于达到顶点。

可是，就在此时，机会只是一个幻觉，幻觉都会在实现前一刻突然消灭，刹那间满树繁华同时凋谢，跌落成一地碎片的、就不只是那一棵树的痴心了。这首《一棵开花的树》把人生戏剧化了，就像谢榛说的"起如爆竹，斩然而断"。梅尧臣说的"高山放石，一去不回"。

人生一代一代，生生死死，我们常说一代新人换旧人，内政部有户籍记载，有人口统计。杜甫不这么说，他说"无边落木萧萧下，不尽长江滚滚来"，落木萧萧，老成凋谢，是静态的，线条是直的，长江滚滚，新生代汹涌而来，是动态的，是横线，是曲线。一边让我们看见公墓，非常安静，好像凝固了，一边让我们看见运动场，众声喧哗，每一秒钟都有变化。生死两个场面中间只隔一条线，杜甫把它戏剧化了。

戏剧化以后，你本来要说的那些意思，字面上都没有，我的老师的老师说，艺术最大的奥秘是隐藏，有人用弗洛伊德的说法，叫伪装，有人从佛经借来一个名词，叫变现，用曹雪芹的说法，就是满纸荒唐言。我把隐藏，表现，诠释，伪装变形，惟心所变、惟识所现，这几种说法融会贯通了，我认为这是文学的特性，有特性才有自己的价值，才可以独立存在，不被并吞，不能代替。

说到戏剧化，杜甫的"无边落木萧萧下，不尽长江滚滚来"，固然精彩，王维的"行到水穷处，坐看云起时"，也是名句，如果把两者"通分"，新旧交替是他们共同的分母。杜甫提供的画面相当严肃，色彩也比较重，树叶虽然掉光了，树还是顶天立地，上一代人留下典型。"不尽长江滚滚来"，新一代有无穷的生命力，争先恐后。人家说大江东去，他不说"去"，他说"来"，换了个角度，让读者面对江水的上游，感受冲击，这个字用得好，应当受到特别的称赞。

无边落木和不尽长江，这两个画面像电影的分割镜头，中间隔着一条线，好像身前死后幽明异路。这些是儒家思想，杜甫他是个儒家。王维呢，他在河边散步，他的方向跟河水一样，他一面走一面看河水，河水断流，他也不走了，他也不看河床了，他坐下看云，姿势很舒服，云也比较好看，而且有云就可能有雨，有雨河里就会有水，他不需要做什么，断流他也不忧虑，云起他也不兴奋，一切顺其自然就好。他提供的画面潇洒，水墨很淡，留白很多，这里面有道家思想，王维倾向道家。杜甫，王维，各人有自己完整的世界，他们表现自己的世界，同时也隐藏自己的世界。

文学作品用语言文字来表现戏剧化的人生，成为一门艺术。现实世界产生欲望，艺术世界产生美感，欲望使人烦恼，美感使人的心灵净化。所谓美感并不是美丽漂亮，而是凭自己的直觉进入一个圆满的状态，没有利害，没有恩怨，没有逻辑，没有小九九，这时候他一无所有，反而非常满足。

（三）

有些新诗晦涩难懂，受人责难，新诗人也曾反诘：你真懂"山从人面起"？你真懂"断无消息石榴红"？诗人的性格和学养形成诗的风格，风格不同，各如其面，明晰和隐晦由此而生。有时候也是写诗的技术问题，诗言志，当然要说明白，争取人的了解和共鸣，有时候，不如意事常八九，可与人言无二三，不可言而又不能已于言，就要作诗。诗是唯一允许作者喃喃自语、含糊其词的文体。这时，诗人使用艺术语言，跟生活语言、自然语言有别，写成的诗也跟散文很不一样。"诗如醉，曲如醒"，"演戏的人不能保守秘密，他最后什么都告诉你"，诗，制造秘密，散布秘密，还反对人家解释他的秘密。诗宜醉，散文宜醒，散文如果醉了，也是诗。

且看管管写秋色，他不说"傍晚的炊烟"，他说"傍晚正在抽烟"。他不说"一叶落知天下秋"，他说"秋这个汉子从我门前那棵老枫上飘然落下"。他不说"四顾无云"，他说"东面没有云，南面也没有云，北面没有云，西面也没有云"。古诗人留下"鱼戏莲叶东，鱼戏莲叶西，鱼戏莲叶南，鱼戏莲叶北"。到了管管，东西南北的顺序不管了，变成东，南，北，西了。匪夷所思，他说："秋，他把那些纺织娘、金铃子的歌声都一首一首装进落叶里，每片叶都装了满满的虫的语言、虫的歌。如果你用落叶做书签，当你读倦了书，可以听一听那落叶，自会有一些歌，自会有一些虫的语言，自叶上流进你的耳鼓。在小火炉里煮酒也会听到那些虫子那些叶子喊痛的叫声，一定是烧着了叶子的脚趾甲，或是烧着了歌们的尾巴。"这是什么话？这是醉话，这是诗，欧阳修的秋声赋里为什么没有？因为欧公那天晚上没喝酒。

欣赏举例，最好让人家看见原作。抄引人家的文章越少越好，不得已，抄自己的："有江海要渡，听我说，我来渡你，一如你昔曾渡我。我没有直升机，我有舢板，只要你不怕弄湿鞋子。你不能等大禹杀了仪狄再戒酒。达摩渡江也得有一根芦苇，马戏团的小丑从胸前掏出心来，当众扯碎，他撕的到底是一张纸。走过来吧，踢开纸屑，处处是上游的下游，下游的上游，浪花生灭，一线横切。江不留水，水不留影，影不留年，逝者如斯。舢板沉了就化海鸥，前生如蝉之蜕，哪还有工夫衔石断流。"这是在写什么，有人替我回答：这是在说醉话。他为什么要说醉话？他想做诗人。诗人为什么要说醉话？诗人要能够说醉话，说疯话，说傻话，说梦话，那时候，人家也称他为大戏剧家。

（四）

节奏是声音的轻重、快慢、长短、高低。字音有轻重，有长短，有高低，也有快慢，诗人充分发挥语言文字的性能，不会放弃这一部分。

"轻生一剑知",轻生,声音轻快,将军随时可以为保卫国家牺牲性命,像轻生两个字的声音一样从容自如。他平时不必形之于外让别人知道,连国王也未必知道,但是他的佩剑知道,古人认为剑有灵性,和主人的心意相通,而且剑陪他一同决战千里,知道他的忠勇。剑,重音,这个字一出现,我们从声音中体会到将军的决心。

"人生千里与万里,黯然销魂别而已。"里,已,声音急促,如闻呜咽,诗人痛惜好友蒙冤流放,满腔悲愤,七言古风的长句显示情感奔放,但是读到每句最后一个字堵住了。黯然销魂别而已,这一句出自江淹的《别赋》,原句是"黯然销魂者惟别而已矣",中间多了一个"者",声音一顿,最后多了一个"矣",声音延长,节奏因之变化,这是愁肠百结、阑干拍遍那样沉潜的情感,节奏变化了,情感不一样,或者说情感不一样,节奏也随之变化。

"空山不见人,但闻人语响。"响,高音,从前诗人的说法,响亮。贾岛在推敲之间迟疑不决,韩愈替他选择了敲,因为敲字响亮。空山里面没有人,在我们看不见人的地方有人说话,那声音传来特别响亮,这是创意,相信王维是捕捉到这灵感,押韵决定押"响",接着才是"返景入深林，复照青苔上"，日光斜射过来，穿过树叶的空隙，落在青苔上。"上"和"响"两字同韵，从前的人读诗读到这个地方，上字读若"赏"，也是高音。这首诗的诗境，本是一片空虚寂寞，响亮的韵脚注入蓬勃的生气，天地为之开朗，我们得以分享王维的道家修养。

李清照的凄凄惨惨戚戚，就是低音了，情绪低，字音也低，声音从牙缝里钻出来，有气无力，可以拿堂堂，皇皇，停停，当当，这些叠词来比较。"管乐有才终不忝，关张无命欲何如？"李商隐用悲悼的心情写诸葛亮，他选择的韵脚是书，胥，车（读如居），如，余，低音。杜甫以礼赞的态度写诸葛亮，"三分割据纡筹策，万古云霄一羽毛"，他选择的韵脚是高，毛，曹，劳，高音。"杜鹃声里斜阳暮"，暮，低音，不管杜鹃的啼声像归去还是像布谷，都遥遥相应，正是诗人关闭在春寒孤馆里的心声。我住在纽约，写过一句"梦里家山西复西"，有人问我，美国人称中国为东方，称亚洲为远东，你为何说西？我说地球是圆的，你说它是东是西都行，我此地需要一个西字，不需要一个东字，这是美学的要求，不是字典的要求。

(五)

诗是字的组合，比其他体裁更重视字音。字音的高低、快慢、长短、轻重形成诗的节奏，一句有一句的节奏，一段有一段的节奏，整首诗有整首诗的节奏。我们来逐句观察关汉卿的一首作品：

> 我是个蒸不烂、煮不熟、捶不扁、炒不爆、响珰珰一粒铜豌豆，

这一句说的是"我是一粒铜豌豆"，本来句子短，节奏平顺，中间加上"蒸不烂、煮不熟、捶不扁、炒不爆"四个短句，组成一个长句，节奏就有了起伏变化。短句的节奏比较快，句型相同的句子节奏也比较快，蒸不烂、煮不熟、捶不扁、炒不爆这四句很短，句型也相同，这个长句中间出现了一小段快板。而这小段快板并不是使这个长句加速完成，反而在"我是个……铜豌豆"中间以连续出现的顿挫形成阻碍。于是慢中有快，快中有慢，张力饱满。

这是说一句之中节奏有快慢。

> 恁子弟每谁教你钻入他锄不断、斫不下、解不开、顿不脱、慢腾腾千层锦套头?

这第二个长句的句型和第一个长句相同,节奏大致可以相同,高低有差别,响珰珰一粒铜豌豆,高音,慢腾腾千层锦套头,低音。快慢也有差别,如果两句的句型相同,我们读第二句,比读第一句要快。正如第一段"蒹葭苍苍,白露为霜。所谓伊人,在水一方"。第二段"蒹葭萋萋,白露未晞。所谓伊人,在水之湄"。我们读第一段比较慢,读第二段比较快。诗文中常有好几个句型相同的句子并列,我们会越读越快。例如"鱼戏莲叶东,鱼戏莲叶西,鱼戏莲叶南,鱼戏莲叶北"。

这是说一首诗之中节奏有快慢。

> 我玩的是梁园月,饮的是东京酒,赏的是洛阳花,攀的是章台柳。

两个长句之后改变句型,也改变节奏。句子缩短,每句六个字,仍然四句同一句型,中间没有顿挫了,如长江出了三峡。这一组句子在长句之后用短句,这是变化,上一组两个长句句型相同，这一组四个短句句型也相同，这叫反复。既变化，又反复。

这一组句子，每句由一个单词领军，玩，饮，赏，攀，都是动词，单词的读音比较重，例如"诸葛大名垂宇宙"，诸葛二字连着读，很快，若是读"臣亮言"，那个"亮"字就快不了。"听夜深寂寞打孤城，春潮急。"句子开始，"听夜"两个字不能连着读，句子结尾，"潮急"两个字不能连着读，一头一尾这两个单字你得给它重重的"一拍"。温、良、恭、俭、让，定、静、安、虑、得，都一字一顿，如鼓落槌。单字对节奏的影响很大。

> 我也会吟诗，会篆籀，会弹丝，会品竹。我也唱鹧鸪，舞垂手，会打围，会蹴鞠，会围棋，会双陆。

六字短句之后出现更短的句子，这一组句子由"我也"领军，每句只有三个字。这三个字的组合，是前面一个字，后面两个字，"会、吟诗"，"唱、鹧鸪"，用数字表示，一二。它和上一组句子的组合不同，上一组句子"玩、的是、梁园、月，"用数字表示，一二二一。可想而知，节奏一定不同。

由会吟诗到会双陆,句型十次重复也许单调,中间用"我也"间隔一下,停顿一下,也是一种变化。变化,读者有新鲜的感觉,反复,读者有熟悉的感觉,既变化又反复,一路上就这样走下去。

你便是落了我牙、歪了我口、瘸了我腿、折了我手,天赐与我这几般儿歹症候、尚兀自不肯休。

句子短到三个字,不能再短了,转过身来加长,四个字一句。四句之后,继之以更长的句子,使人想到易经的阴阳变化。这一组四字短句之首也分布"落、歪、瘸、折"四个重音单字,但是每个单字之后有个"了",这个字声音轻,速度快,改变了上一组句子的节奏。也有人愿意把落了、歪了、瘸了、折了这四个"了"字读成重音,那也可以,只是牵发动体,会出现另一种节奏。"红了樱桃,绿了芭蕉","红了陌上花,绿了江南岸",也一样。

除非是阎王亲自唤,神鬼自来勾,三魂归地府,七魄丧冥幽。那其间才不向这烟花路儿上走。

句子再加长,五个字一句,增加变化,句型相同,便于反复。最后一句很长,长句慢,短句快,表示紧急、俏皮多用短句,表示哀怨、庄严多用长句。关汉卿的这首作品,句子由长到短再由短到长,最后用一个长句慢慢煞车,犹如音乐演奏结束时多半出现慢拍长音。

(六)

海外侨社有很多人仍用唐诗宋词的格律写诗,他们很不愿意称之为旧体诗,但是称之为古典诗或古体诗也不妥当。他们的诗难以定名,一如由五四运动兴起的新体诗难以定位。这两类诗人之间颇有隔阂,很少对话。记得有一次在法拉盛公立图书馆的新诗欣赏会中,一位爱好唐诗宋词的读者手里拎着一本新诗的诗集,用斥责的语气说:"这算什么诗?这是垃圾!垃圾!"可见两者之间有多深的鸿沟。

这位读者大概不读文学史,文学的体裁内容一直在流变之中,文学的发展史也就是流变史,怎么流,怎么变,可以预测,不能规范。中国诗已经由唐诗宋词的统一格律走向今天的一人一种格律、甚至一诗一种格律,它不是暂时的现象,它应该是传统的发展,它向前延伸了传统,你我都不满意,但是它已不能回转,关心诗运的人只能向前推动,由它再变。不幸的是,当年新诗运动初期,新诗的先驱者跟传统诗人的守卫者笔战激烈,双方都口不择言,留下很深的伤痕,虽然隔了一代两代,今天的诗人犹在承受内战的共业。

诗手迹

台湾文学馆选辑当代诗人的手稿,出版了一本《诗手迹》,读后得知文化主管部门曾把"诗的复兴"列为重要工作,由展览、出版诗人的手稿切入,角度灵慧而高明。电脑普及以来,手稿渐渐变成宠物,台湾文学馆开放手稿吸引读者的注意,顺应潮流,循循善诱,文学人口的眼中,诗由后卫变成前锋,网络也由掩埋诗艺术的流沙变成展示的平台。

诗歌是心声,书法是心画,声和画可以互相诠释,从书法中可以体会诗人写作时的呼吸,脉搏,心境,可以窥见诗人的性格,阅历,修养。我一直喜欢苏东坡的寒食诗,直到见了寒食帖以后才对这首诗更了解、更感动。有学问的人对"悠然见南山"作出各种解说,也许我们恨未能一亲原稿难作选择。大体上诗是"密语",诗人的手迹泄露更多的秘密,一如台湾文学馆所说:"引领观展者在手稿的字里行间走入诗人的内观世界。"

翁志聪馆长在《诗手迹》的序言中以解读书法的过程解诗:"周梦蝶端正秀雅,一丝不苟,可见其行事端正自持。管管任性不拘,随兴涂改,有顽童性情。琦君、杜潘芳格、席慕蓉温婉动人,柔韧超俗。……"我看到张大春毛笔写律诗,想到他除了奔放恣肆的一面,还有工整谨严的一面。周梦蝶、林央敏,枯笔淡墨,若有若无,或者并未介意"千秋万岁名,寂寞身后事"。余光中、明仁、席慕蓉、吴晟,点画分明,一笔不苟,倾全力经营此尺幅之间,性情和法度俱在其中。凡此种种,其书仿佛,其人仿佛,其诗也仿佛。

反复看余光中教授的手稿,想起五十年代,进口纸和派克墨水都是奢侈品,他的诗就用钢笔写在自印专用的稿纸上,纸质紧密坚固,墨色鲜明不褪,正是台湾文坛一个亮点。我们那时不懂事,背后笑他准备不朽(而今看来他的诗势将不朽)。那时文稿到了编辑台上,编辑用红笔批注怎样排版,发给印刷工厂,工厂领班按每个工友排多少字分派工作，常把文稿剪成片断，那时报馆用活字印刷，工友与铅为伍，满手满脸污黑，原稿也就肮脏不堪。那时规定，工厂要把每天的原稿和校样密封保管，准备警备总部追究责任，期限为六个月，期满以后，报馆派最可靠的人监看焚毁。那时我们不懂事，糟蹋多少名家墨宝，真是罪孽深重！罪孽深重！《诗手迹》里有白灵、罗门、席慕蓉诗稿，红笔勾点之处就是诗刊编辑的入关签证，这样的诗稿能保存下来，诗刊编辑有历史眼光，堪称我辈中之佼佼。

《诗手迹》展示台湾岛内148年来的诗脉，其间47座诗峰，历经日语写作、母语写作，国家不幸诗家亦未必有幸，前贤后进若苦能甘，断简残编历经水火兵虫保存下来，恍如文化历劫不灭的样品。诗人向阳以史家之笔作阅读导言，大处着眼，我从他的"探访"中看出，诗兴而后文学各体皆兴，诗衰而后文学各体俱衰，不言而喻，"诗的复兴"洞烛机先。诗居文学四体裁之首，也是四体裁共同的血液，我曾一再说："不学诗，无以写散文"，我几乎要说"不学诗，无以写小说剧本"。想当年内战告终，隔海分治，台湾的新诗先进绕过三十年代的大山，然后散文、小说别开生面。而今虽然"台湾诗坛已无呼风唤雨的空间"，诗脉未断，诗峰不孤，诗心、诗眼、诗兴味、诗境界遍布，一如春是万花，万花是春，不信东风唤不回。

龙应台女士为《诗手迹》作序，她说诗是"强大力量的话语"对外发声，她以充沛的信念鼓舞了诗人。她也说诗是"冷泉"，她在序文中斟来一杯清凉之水，诗贵"纯粹"。纯粹，应该是"诗复兴"的指导原则，也该是这一次展览和出版选件的标准。并不是说，只有《诗手迹》展出的47家纯粹，这47家的手稿来自文学馆的馆藏，是抽样，是代表。什么是纯粹？她没有说，我们可以诠释吗？唯恐失之毫厘，差之千里。

恕我妄言，"纯粹"应该是就诗论诗，只计"诗值"，排除世俗附加的价值，俗语说"名高好题诗，官大好题字"，高名大官就是诗词书法之外世俗的附加。当年诗文众声喧哗，门第，朋党，政治正确，交际手腕，大众宠爱，都是放大镜，都是扩音喇叭，选诗评诗，往往也像联考阅卷一样，对某些人给予百分之多少的加分。化妆的终于要卸妆，踩高跷的终于要落地，所以新闻版的名家比文学史上的名家要多。

诗人，或者说艺术家，当然有一个社会身份，"纯粹"，就是把他的社会身份分开。并不是文化部或者文学馆把他分开，而是时间的淘洗、艺术的定位把他分开。艺术家必须在失去世俗的一切所有之后证明自己还是艺术家，一如释迦在失去世俗一切所有之后成佛。《诗手迹》展出47家，只看其人的诗，不看其人在诗之外有没有其他，尤其是"曲终收拨当心画"，最强音落在周梦蝶身上。周公是何等样人？观察家描述他"一生工作卑微，生活简易"，他是著名的檐下僧，苦行诗人，除了诗，一无所有，他的无有恰恰彰显了他的所有。如此结尾，整个过程的境界突然拔高。

这些年我常想，振兴文运固然要鼓励创作，恐怕也得帮助欣赏。我的印象，找个地方听听怎样写诗写小说，容易，找几个人促膝谈谈怎样读诗读小说，很难。这样下去是否作家越来越多，读者越来越少？作家好比是个厨子，做菜很辛苦，读者是吃菜的人，吃菜是享受，按情理推想，应该吃菜的人对这些菜更有兴趣，何以不然？我想吃菜也要懂得怎样吃，也要知道什么叫好吃，尤其是美食，更要有一个学习的阶段，俗话说"三代做官，懂得吃穿"。今天做菜的人数超过预期，吃菜的人数低于预期，未必可以用一句"菜不好"打发了之。

尤其是诗，中国人是个爱诗的民族，没错，他们爱的是唐诗宋词，他们多多少少有些欣赏的能力。初期的新诗断脐未久,离传统很近,大家还能仗着训练有素说它"不好",后来新诗独立发展,自有精神面貌,相见不相识,就只有说它"古怪"。中国人对诗的爱好仍在,新的欣赏能力有待普遍培养,我想诗坛健者有许多事情要做,例如新诗与音乐结合,领略诗的节奏声韵,新诗与绘画结合,发现诗的色彩构图,新诗与哲学结合,探索诗中的人生奥秘,当然还得新诗与古典诗结合,转移历代承传的欣赏能力用之于新诗。诗从来不是一二知音相会于心而已,唐诗宋词都不是,现代新诗必须有很多很多知音。

《诗手迹》的展览在齐东诗舍举行,这栋幽雅的房舍今后是"诗复兴"的第一个硬体,诗国能在大都会中觅得这样一片土地,新闻报道说由一位青年企业家欧阳明先生捐款促成。爱诗的人应该牢牢记住这个名字,这件事听来新鲜,想当年我在台湾的时候,有钱的人从来不和文学结缘,他们只肯支持舞蹈、音乐和绘画。莫非天旋地转,诗人真的要换换运气了!但愿文学其他体裁也否极泰来。

原载 2015 年 1 月台北《联合报·副刊》

书法欣赏

临帖

书法家大概都临摹王羲之的《兰亭集序》，当年羲之先生乘着酒兴一挥而就，字写错了，涂改，字写漏了，在旁边添上。后人临帖，故意写错涂改，故意脱漏增添，我觉得奇怪。有学问的人告诉我，整幅兰亭有整体的美，改错补漏也是构成整体美的"零件"，我们临帖时想象羲之先生书写的过程，亦步亦趋，紧紧跟随，体会、吸收那美的形成。

一个字有一个字的美，整幅字有整幅的美，改变一个字，可能丧失了这个字的美，更可能局部影响全体，破坏了整幅的美。在这种考虑之下，字形比字义重要，所以这种美称为"形式美"。《兰亭集序》说"一生死"是虚诞，"齐彭殇"是妄作，对佛家道家并不客气，后世佛道学书仍然临摹"兰亭"，王家后代出了一位禅师，继承了发展了王家的书法，可能是那时临摹"兰亭"次数最多的人。再看"石鼓文"，内容歌功颂德，可是那些"安能摧眉折腰事权贵"的人不在乎，照样一笔一画写石鼓。再看甲骨文，记载占卦的吉凶，有些书法家知道"龟，枯骨也，蓍，枯草也"，照样也一笔一画、诚心诚意写甲骨。这时写字的人都不在乎内容意义，重要的是摄取形式美。

我看过一位牧师写的毛笔字，问他怎么牧师也临"兰亭"，他说"恨王羲之没写过主祷文"。然后，他说："我以后写主祷文可以用兰亭体。"听他这句话，我知道他明白形式美是怎么一回事了。"兰亭序"变成"兰亭体"，就摆脱了文字意的瓜葛，成为天地间的一美。只是修到那一步谈何容易！

书法本身是不说话的，这里有一幅字，写的是一首唐诗，那是诗在说话，不是书法说话，那首诗的意义不能决定那幅字的高下。字有意义，字并不等于书法。王羲之写"送橘三百枚"，他的字是无价之宝，我写黄金三百两，反而不值一文。黄山谷有一部帖，提到他爱吃苦笋，大家都爱看，如果我也写一幅字，写我吃满汉全席，能比他更受注意吗？黄山谷写范滂传，一连写了三个"恶"，都"不恶"。《兰亭集序》里面有"痛哉"，有"悲夫"，从《古文观止》里读这篇文章，感受到痛和悲，看王羲之的法帖，忘了痛也忘了悲。原来书法的价值不在字的意义，它另外有一个重要的成分，形式美。王羲之的字那么了不起，大部分因为形式美，小部分因为有历史价值，至于他写什么，并不很重要。

我们不一定会写字，一定要会读帖，把字帖当书一样读，受它的熏染。我不会写字也喜欢读帖，一部法帖百看不厌，教人探幽寻胜，流连忘返，教人心旷神怡，宠辱皆忘。难怪佛教有书画僧，难怪信佛修行的人可以由这里进入禅境，也难怪我们可以脱离字义，对形式美心领神会。

欧阳询给我堂堂正正、严阵以待的美，黄山谷给我纵横捭阖、奇正互用的美，铁线篆给我简洁挺拔的美，行草给我回环往复的美。一部法帖可以百看不厌。有一天你的议论文居然可以纵横捭阖、奇正互用了，你的抒情文居然可以回环往复的了，你的文章跟那些法帖的内容没有关系，跟那些书法的形式美有了神秘的连结。这是怎么一回事，谁也说不清楚，只能说"祖师爷赏饭吃"，恭喜你了。

"赓续性"

"赓续"是咱们的祖产，"赓续性"是翻译家的新词，指连绵不断。为什么不说继续、不说连续呢，继续是前一个结束了，穷尽了，后一个接上去，好像一支蜡烛点完了，灭了，换一支蜡烛点上。大自然并不是这个样子，它是深更半夜的时候昼就出现了，"白"就来稀释黑了，黑白双方以可以用百分比计算的方式消长，直到日正中天，夜又来了，黑又出来悄悄地给白染色了。这是生中有灭，灭中有生，过去之中有现在，现在之中有未来，所以另外立一个名词，表示这种特性。

咱们古贤先贤在这方面的体会很深刻，他们老早就说，阴中有阳，阳中有阴。福中有祸，祸中有福。生死兴亡都是有无相生。他们制定历法，居然在最冷的时候立春，立春以后还要下大雪，再过一个多月到春分，才代替冬天。他们在最热的时候立秋，立秋以后还是汗流浃背，再过一个多月到秋分，才代替夏天。我们把一天分成昼夜，把一年分成四季，把一生分成少年中年老年，把历史分成古代近代现代，都是人类为了自己方便勉强划分，其实它本来浑然一体。

古代的艺术大师教我们"法自然"，向大自然学习，其中最要紧的一课是学它的赓续性。以书法为例，它的一个字并不仅仅是一个字，第一个字还没写完，已经开始写第二个字了，第二个字还没写完，已经开始写第三个字了，它写第三个第四个字的时候，也还在写第一个第二个字，每一个字除了本身的完成，也都是上一个字的成长，下一个字的诞生。他写到最后一个字并不是结束，他写第一个字的时候那也不是开始。在他写到最后一个字的时候，许多字在他的笔墨之间逆流而上，在他写第一个字的时候，有许多许多字在他笔墨之间顺流而下。

书法家好像将这种赓续性叫"气"，没有气，整幅字就瘫痪了。王献之的中秋帖，现在剩下三行二十二个字，有人说这二十二个字是一个字，也有人说这部帖是一首曲子，反复变奏，一气呵成。王羲之的字当然好，可是一个一个从帖上剪下来，拼成圣教序，就没那么好，这时候每个字独立存在，也孤立存在，气断了。

子在川上曰："逝者如斯夫，不舍昼夜！"他对大自然的赓续性发出赞叹，后事如何，不得而知。历代书法家如何"法自然",倒是留下很多记录,我们看法帖,能够体会他们的吐纳修为,致力把大自然的赓续性转化为书法的赓续性,我们读帖,再从中寻求还原大自然的赓续性,涵泳其中。对文学作家来说,不仅书法能给他这样的帮助,音乐、美术、舞蹈、戏剧都能,因为八大艺术都要法自然。

对比

在我心里,书法和文学常常互相对应,我读《诗经》《楚辞》的时候想到周鼎秦篆,我读李杜元白的时候想到颜柳欧赵,我读《战国策》想黄山谷。我爱看书法家写字,用老颜体写"星垂平野阔,月涌大江流",用泰山金刚经石刻写"天地有正气,杂然赋流形",用秦篆写"天行健,君子以自强不息",用行书写"空里流霜不觉飞,汀上白沙看不见"带飞白,用天发神谶写"江流石不转,遗恨失吞吴"。他们怎么看得这么透澈,好像为那两句诗拍了一段电影,意义催化形式美,形式美反馈意义,两者泯合了。

书法跟自然的渊源,书法家留下许多记录。据说看两条蛇缠斗可以改进草书,看鹅在水里游泳可以改进行书。据说书法里有某种昆虫往前爬行,有兔子急忙逃走,有风吹过,有雪花飘,有老虎蹲着不动,也有大象一步一步走路,还有"奔雷坠石,草蛇灰线"。人心七情、宇宙万象怎么不离线条,书法简直像心电图、地震仪了。线条到了中国人手里怎么这样神秘,伏羲氏一画开天不由你不信。

文学作品也有赓续性,也叫"气",文气。文章也在形体气势上相互联络接应。文章可以七窍相通,呼呼生风,可以长江大河,一泻千里。它的结束不是结束,用杜甫的说法,"篇终接混茫"。它的开始也不是开始,用李白的说法,"黄河之水天上来"。难怪现代人说文学作品是有机体,损坏了一部分就是损坏了全部,难怪古人说,写文章犹如腕底有鬼,下笔不能自休。所以,原则上我不赞成文摘或缩写。

若从结构着眼,书法家的一个字就像是一篇小品或一首小令,书法家的一幅字就像是一篇小说或一个剧本。书法的结体布白,文学的章法布局,到了这个形而下的部分,相对容易对照比较。尝见在美国成长的华人后代,一旦成了新闻人物,中文报纸的记者常常拿他的中文签名照相制版给大家看,他写的字像没有箍的木桶,或者说像马上就要倒塌的房子,这是写字的大忌,也是作文的大忌。郑板桥的书法有时故意犯忌,玩弄危险的平衡,这倒也是戏剧小说常用的手段。

人生和自然都有大美,"天地有大美而不言",艺术家心领神会,终身取法,取之不尽,用之不竭。用基督教的话来说,上帝是大创造,艺术家是小创造,所有的艺术家他们共同的祖师爷是上帝,也就是师造化、法自然。

这时候我才了解,为什么说书画同源。书画同源并非因为古人造字从象形入手,一个字就是一幅图画,也并非因为书画都用毛笔,工具相同所以技术相通。书画同源的这个"源",他们俩都师造化、法自然,他们是一个师父教出来的徒弟。

更进一步说,不仅书画同源,所有的艺术都是同父异母的兄弟姊妹,彼此各有各的面貌,身体里面都流着父亲的血。如果艺术是一个家族,音乐应该是大姐,中间一排哥哥姐姐,我们文学排在最后,是个小弟。我们也师造化、法自然,造化自然是艺术作品未形成前的本来面目,诗在功夫外,书法也在功夫外,音乐、舞蹈、雕塑都在功夫外,这个"功夫外",据我理解,就是师造化和法自然。

展览

我爱看书法展览,来到书法联展的会场,满眼都是老头儿，出门在外跑码头不兴留胡子，可是斩草不能除根，那唇上一把青，唇下一把青，分明俱在。

未看墙上的点撇捺，先看脸上精气神，书法家都长寿，平均寿命比高僧多七年，比皇帝多一倍。写字也是运动，四肢百骸都用力，写字也是养气，五脏六腑都受用。写字也是修行，清心寡欲，脱离红尘烦恼。

那年书法家丁兆麟先生一百岁，他的夫人丁纪凤女士，画家，九十八岁。他们的学生、他们的朋友，用一次规模盛大的展览，展出书画精品，来祝贺他们的大寿。大家是来拜寿，也是来欣赏书法艺术，这种方式很高雅，合乎丁老师的身份性情。

在我们中国，百岁的寿星是人瑞，"瑞"是一种现象，这种现象一出现，你就知道吉祥如意来了，天下太平来了，大家的福气来了。灵芝草是植物里的瑞，凤凰是飞鸟里的瑞，麒麟是动物里的瑞，百岁老人是人瑞，从前有皇帝的时候，什么地方发现了祥瑞，地方官要报告皇帝，皇帝有赏赐。现在我听说，美国公民一百岁过生日，他的子女可以写信到白宫去报喜，白宫会寄一张贺卡，上头有总统的签名。

这天大家来给丁老师、丁师母拜寿，丁老师是麟，丁师母是凤，他两位都是祥瑞。丁老师发出通知，他不收任何礼物，所以我们不必报告皇帝，不必报告白宫，这些敬爱丁老师丁师母的人，你告诉我，我告诉他，大家来了，带来喜乐的心，带来羡慕的心，来分享丁老师丁师母的福气。丁老师不收任何礼物，有一样礼物他没法拒绝，那就是大家热烈的鼓掌……热烈鼓掌！！

按照中国人的风俗习惯，大家给丁老师祝寿，同时也是给丁师母祝寿，这叫双寿。看这两位大寿星立如松，坐如钟，谈笑风生，处变不惊，西望瑶池降王母，东来紫气满涵关。真是如冈如陵，如月之恒，如日之升。我们看了人人高兴，觉得生命很充实，很有保障。看同门同好加上弟子，都是长寿的人，都有长寿的相，这真草隶篆，颜柳欧赵，都是你们的长城，都是你们的宫殿，一步踏进你们的领土，我觉得伐毛洗髓，飘飘欲仙。看四壁琳琅，每一笔一画都是灵芝仙草，每一个字都是长寿的密码，每一幅字都是长寿的宣言，这些对联，条幅，横披，斗方，互相呼应，来一次长寿大合唱。

长寿有秘诀，百家争鸣：要长寿，吃羊肉。要长寿，多看秀。要长寿，来念咒。要长寿，能看透。来到书法联展的会场一看，要长寿，别管合辙押韵，去买几支毛笔。

海外看书法家联合展览，作品从台湾香港来，从加州得州来，从伦敦巴黎来，万木一本，万水一源，都是一种文化哺育出来的孩子，都是一个老师教出来的学生，都是用同样一支笔创造出来的书法艺术，人不亲笔亲，笔不亲纸亲，纸不亲墨亲，一点、一撇、一钩、一捺都亲。

海外看大书家写字，看五千年来家国，十万里地山河。看上通天心，下接地脉。看前有古人，后有来者。看知音见知音，看同本同源同气同声，看中国的人，中国的心，真正的中国文化人。

倾听

心理学家劝人"倾听"，善于倾听的人容易交到朋友。看书法，我总会觉得它在听我的意念，看"书"，感觉恰恰相反，我得听他的。

文学作家为什么总是说个不停呢，因为他用的是语言文字，语言文字是思想感情的符号，它有意义，我们一提笔就想到意义，最后完成的也是把意义很完善地表达出来。世界上有很多事情非说不可，佛法不可说、不可说，还是说了四十九年，不能靠那五分钟的拈花微笑。天地有大美而不言，我们偏要滔滔不绝，四时有明法而不议，我们偏要喋喋不休，万物有成理而不说，我们偏要下笔千言、下笔万言，这是我们的优势，只有文学办得到。你能用音乐推销房地产吗？不能！你能用舞蹈吵架吗？不能！你只能用语言文字。

这是我们的优势，也是我们的弱点，我们跟"意义"纠缠，一落言诠，陷入逻辑思考，跟美感有了矛盾。我们的实用价值大，实用跟审美有消长关系。有人说，艺术有时似是而非，有时似非而是，其实艺术不是"是"也不是"非"，艺术是那个"而"。说得好！那个"而"又是什么？据我理解，那个"而"就是横看成岭、侧看成峰，就是羚羊挂角、无迹可寻，就是超乎象外、得其圜中，就是说即无说，无说即说。这样，实用价值就小了。文学在这方面先天不足，因此后天要特别努力。

可是，文学既然实用，你偏偏要它不能实用，这事就费劲了。人人说文天祥"留取丹心照汗青"比李后主"挥泪对宫娥"写得好，这个"好"，指他说出来的话有意义，很实用，不是诗做得好。报社征文，"你怎样支配你的年终奖金"，得奖的文章说，他把这笔钱捐给为灾民募寒衣的慈善团体了，因为这年冬天很冷。落选的文章说，他用这笔钱给太太买了件新大衣，因为当年结婚的时候，新娘的行李箱里头放的是一件旧外套，他到今天才有能力补偿。评审委员认为捐款救灾比较好，这个"好"也是有意义，很实用，不是文章写得好。

想当年初学乍练，老师教我们写字也教我们作文，我总是认为这两门功课没有多少连带的关系，上作文课，文字是工具，上书法课，文字就是成品。老师说有三个字最难写，飛、爲、家，要把这三个字写好，得花三年工夫；可是我们学习使用这三个符号，只要三天。为什么有这么大的差别？花三天工夫学会了的符号，为什么继续再写三年？就是因为要写得"好看"，追求形式美，这就由实用变为欣赏。倘若要做书法家，恐怕得写三十年，欣赏的天地高阔，超出实用者多矣。

有一年我服务的那个机构开庆祝会，筹备人员有一番商量：请谁来弹琴？请那弹得最好的，请谁来跳舞？请那跳得最好的，请谁来玩魔术？请那玩得最好的，大家的想法都一样。他们如果找人写匾额楹联，恐怕也得首先考虑书法水准吧？到了"谁来致词"，大家思路一变，上台致词的人要深明大义，要善解人意，讲出话来对上对下都能讨好，至于他口才怎么样，修辞水准怎么样，倒在其次。从这件小事可以看出社会的态度，对音乐舞蹈的要求偏重欣赏，对文字语言的要求偏重实用。

读者希望从文学作品中找到对他有用的意义，那是他的权利。读者能够满足他的愿望，那是天作之合，今世美谈，令人翘首期待。作家在写作时有意附和实用，风险很大，意义会成为明日黄花，写作仿佛夕阳工业。满足实用，容易，满足欣赏，难；长期依赖实用，避难就易，会使作家的技巧退化，文学将失去自己的特性。

谈意象

王维的诗:"君自故乡来,应知故乡事。来日绮窗前,寒梅着花未?"有人说,故乡祖宗坟墓,父老桑麻,少年事梦魂萦绕,王维对故乡的关怀怎么仅止是自家窗下的梅花?

这话没错,可是在这首诗里,梅花并不是梅花,或者不仅仅是梅花,梅花是什么?元朝诗人翁森说:"数点梅花天地心"。天地心是什么?易经说:"复其为天地之心乎!"易经六十四卦,有一卦叫"复",复卦的对立面是"剥",剥卦阴气极盛,若是有痛苦,已苦到极处,若是有困难,也难到极处,于是阴极生阳,阳气萌动,有了转机,有了新运，成为复卦。天无绝人之路，天地之心就是"无剥不复"。梅花在最冷的时候开花，预告春的讯息，显示"无剥不复"的天道，所以王维不说早梅，不说春梅，不说红梅白梅，他说"寒梅"。

这样，王维对故乡的关怀就不止那一点点。往年有春荒，今年应该没有了吧。故乡往年有瘟疫，今年应该没有了吧。故乡一直有贪官污吏，现在应该有个贤良的父母官了吧。苛政废除了多少？捐税减轻了多少？今年严冬的最低气温是多少？会不会再冻死穷人？"冬天来了，春天还会远吗"？有没有"否极泰来"的迹象？有没有"渐入佳境"的喜悦？天地之心，往来消长，总该轮到故乡有个好年成、过几天好日子了吧。这一切尽在一句"梅花开了没有"之中，表面上不问苍生问梅花，实际上问梅花就是问苍生。

文学理论有个术语，称为意象，梅花正是王维使用的意象，他在梅花的"象"里面藏着意念，诗人"寓意于象"，读诗的人"因象见意"。文学作家是使用意象的人，是创造意象的人，王维可以把胸中无限事寄托梅花，即使他家的老宅子里面没种梅花。问收成好不好，问捐税重不重，那是明码，"寒梅着花未？"这是密码，读文学作品不能只有一本明码，还得有一本密码，明码译电是文字训练，密码译电是文学训练。

你也许说,这样太麻烦了,一朵梅花要绕个大转弯,通过易经八卦来了解。不错,王维的诗是古典,古典总有些麻烦。但是古典的厚度也在这里,诗人对故乡用心极深,关心疾苦而又充满无力感,只能祈求天道循环。他的道家修养使他追求忘情,他的士大夫修养使他不能解脱,正是使人动心的地方。读近代人的作品比较省事,到了现代,由于个性解放,环境自由,文风铺张奔放,那就另是一番滋味了。

东坡诗:荷尽已无擎雨盖,菊残犹有傲霜枝。象中之意,上句指客观环境不利,下句指主观意志不移。诗中的荷、菊都是我们很熟悉的象,我们也常有机会观赏一些性格倔强的人,读"荷尽已无擎雨盖,菊残犹有傲霜枝",并不需要转弯抹角,两种回味自然合在一起,草木尚且有它的尊严,何况人格!一年好景君须记,一生好景也君须记,忽然觉得读诗很有意思,活着也很有意思。

东坡之后大约八百年,中国出了个辜鸿铭,此人大大有名,不必介绍,此处要借重他,他也喜欢苏东坡写的荷尽菊残,别人也用这两句诗说他的事儿。他受西洋的教育,但是坚决拥护中国的帝制,他在清朝末年做过官,到了民国仍然留着辫子。清朝的官员要穿官服,帽子、袍子、靴子都有严格的规定,最重要的是帽子圆形像莲蓬,中央突起,顶着一颗圆珠,使人联想到池中的荷花。秋深了,荷叶莲蓬都不见了,但是你看那种菊的地方,风霜之中,菊的枝干很细,依然挺在那里,花可残叶可落,腰杆儿不弯不折。它的潜台词是,朝代改了,朝服顶戴作废了,但是我的辫子照样留着。

说到辫子,辫子是用大把头发编缠而成的一条绳索,你观察过没有,当年的大姑娘很柔顺,她那条辫子可是奔腾弹跳,并不服帖。尤其是男人的辫子,男人的头发比较硬,编成辫子就是一条鞭子,中国功夫有辫子功,拿辫子当武器,抵挡刀剑。一位遗老简直就是一条辫子嘛,这么想,"菊残犹有傲霜枝"就带来卡通的趣味。

通常我们都说,文学作品是"思想感情用文字来表现"。但是先贤有一个更精确更专业的定义,文学是"意象用语言文字来表现",思想感情要先成为意象。意念、意义藏在我们心里,通常他人不能感知,我们使用语言文字对外表达,希望人家了解我们的心意。"张口见喉、一清见底"的表意只是一步初阶,进一步,文学家要通过"象"。

"象"是"意"的化身,中医看病,先要把脉,他凭脉波跳动的快慢强弱和跳动的规律知道某一内脏器官出了毛病,中医称之为脉象,脉象即病象,那看不见的病就在这摸得到的脉象里。同理,文学作品往往把那隐形的"意"藏在一个有形的"象"里,读者就像把脉的中医,心领神会,恍然有得。

这么说,还是有点麻烦,是的,这是可以承受的麻烦,唱歌比说话麻烦,舞蹈比走路麻烦,看戏比看剧情介绍麻烦,人家的本事,咱们的享受,就在征服这点麻烦。否则,干吗要读文学作品呢?有人到文学作品里找意见,有人到文学作品里找资讯,有人到文学作品里找稀奇怪异的故事,这些都有专书专刊专题影片,那些书刊影片都像把鸡蛋煮熟了、剥了壳放在你手中,一点也不给你添麻烦。文学作品不是这样写的,难怪你看了很失望,大呼文学该死。

换个角度吧,到文学作品里看意象,意象好看,比满园花还好看,比一天星还好看,山阴道上,应接不暇。意象好记,那么短,那么精致,深入人心,治疗健忘症。意象好用,你越来越会说话了,心越来越细了,感觉越来越锐敏了,朋友越来越多了。意象好丰富,宇宙万象,人生万行,世情万变,都可以化成意象,人家在前面做,咱在后面拣。这是美文的重要手段,文学固守苦守的最后阵地,预期还可以久守,因为没有别的可以代替。

说到"麻烦",不必担心,读现代作品大概很难遇见易经八卦或大清顶戴了。盘点一个诗人的成就,可以数算他在作品中一共使用了多少意象,其中有多少意象是由他创用,有多少意象是他沿用、移用、借用,但仍有新意,其中应该没有陈腔滥调。

原载台北《中语文月刊》,2015 年 1 月改写

文章的滋味

　　文章有滋味，因为文章源于作者的生活，生活有滋味。前人常用酸甜苦辣形容人生，甚至说百味杂陈，人有某种能力把心灵的感受转化为味觉，作家又有某种能力，借着文字传达这种感受。

　　如此这般，一个作家就像一位厨师，一件作品就像他做出来的一道菜。一位够格的厨师，他做出来的炒肉丝，应该和另一位厨师有别，不仅如此，同一位厨师，他下午做出来的炒肉丝，也应该和他上午做的炒肉丝并不完全相同，所以炒菜是艺术。倘若每一道炒肉丝都相同，那就是罐头，罐头不是艺术。

中国菜分成好几个菜系，在同一菜系之内，比方说川湘或江浙，那同系的厨师做出来的菜又有共同的特色，和另一菜系显然自成一类。1978年我来到纽约，开始接触中国大陆出版的诗歌小说，如同一向吃江浙菜的人忽然进了地道的四川馆子，由味觉的挑战到心灵的激荡，再由心灵的调适到味觉的和谐。那几年我写了一些文章寄回台湾，希望台湾的朋友们一齐分享个中滋味。

在我的家乡，形容一个人专心阅读，说他像"吃书"一样。我们喜欢读书，正因为读出其中的滋味来，如酒徒喜欢喝酒，老饕喜欢吃菜。诗可以细品，小说可以大嚼，散文如零食，乘兴随意，读剧本如研究食谱，想象其色香。读书的时候故意和饮食连结，可以增加读书的乐趣，饮食的时候故意和读书比附，可以增加食物的甘美。我常设想"假如进书店的心情像进馆子一样"，多好！可惜不能，因为觉得心灵"饥饿"的人太少了。

生活中有酸甜苦辣，文章也有酸甜苦辣，其间经过艺术加工，一如厨师经过烹调。若是用文章直接诉苦喷辣浇酸，等于教我们舐盐喝醋，忘了杂货店并不等于饭馆。尤其要注意，人在受苦的时候写出来的文章不要苦，享福的时候写出来的文章不要甜，有权有势的时候不要辣，穷途末路的时候不要酸。李后主当然了不起,我总觉得他前期的词太甜,后期的词太苦。鲁迅先生当然了不起,我总觉得他的杂文太辣。杜甫的茅屋为秋风所破,作歌一首,不酸,难得。

文章进入你我的生活,给生活增添滋味,你我因而作文说话也有了滋味,做人比较容易结缘。古人说"三日不读书,语言无味,面目可憎",三天期限太短,负面影响也没那么快,若说"三日不读报",那倒是出了门少开口为妙,一开口就可能露出孤陋寡闻。最后四个字"面目可憎"有趣,本来这是人人易犯的逻辑错误,祖母不喜欢媳妇,连带讨厌孙女儿。有人说,"学者以读书为职业,为了维持职业,偶尔也写书,作家以写书为职业,为了维持职业,偶尔也读书。"针对作家,这"偶尔"两个字真幽默,不过也是严重的警告,作家必须读书,否则文章无味,势将被判出局。

袁子才有这么一首诗:"掩卷吾已足,开卷吾乃忧,卷长白日短,如蚁观山丘。秉烛逢夜旦,读十记一不?更愁千载后,书多更何休?吾欲为神仙,向天乞春秋,不愿玉液养,不愿蓬莱游。人间有字处,读尽吾无求。"他说书籍太多,像一座小山,读书人的精神时间不过是一只蚂蚁,好比喻！今天资讯爆炸，你我这只"阅读小蚂蚁"面对东岳泰山，西岳华山，又岂是袁子才所能想象？"读十记一不"？古人印书不讲究索引，事后很难查找，有学问的人多半记性特别好。夏丏尊说过，他用反复温读来抵抗遗忘，那样岂不是阅读的范围更狭小？书上说，财雄势大的人有特别办法，他买了许多奴隶读书，他需要查考某一本书的时候，就命令那个奴隶背诵出来。这是什么办法？别人即使能做到，读书的乐趣还剩下多少？

有人说，书这么多，反正读不完，干脆不读算了！我也说过，进了图书馆反而不想看书。再想一想，这个理由奇怪，世人七十称古稀，彭祖活了八百多年，可有谁说自杀算了？我们进馆子，何曾因为食物太多废然罢餐？也许因为古人谈到读书人的时候，常常称美那人"于书无所不窥"，人人心里有这句话，这句渐渐成了诫命，成了标准，也成了压力，到了"解放个性"的时代，"不读书"可以成为一种时尚？其实当第一个人说"于书无所不窥"的时候，书籍很少，一个发愤用功的人可以全部读完，到了第一百个人说这句话的时候，这句话只是表示读书很多而已。读书也像饮食。吃你需要的，吃你喜欢的，吃你能消化的，也就是了！根本不需要立下弘志大愿，"人间有字处，读尽吾无求"。

想当年我还属于"少儿"一类的时候,喜欢看一切用文字印成的东西,环境闭塞,连找到一份旧报纸都很难,若是路旁有一团字纸,我也要拾起来打开看看,今天回想,那时倒有几分袁枚先生的气概,"人间有字处,读尽吾无求"!其实读书要知道怎样选书,一如食客懂得选菜,有涯之生说短很短,说长也长,先选后读,尽其在我,估计留下的遗憾也不会太大,最大的遗憾应该是不去读书,并非没有把世上的书读完。

作品的境界

有学问的人阐述"境界",常常引用王国维先生的《人间词话》:"词以境界为最上,有境界则自成高格,自有名句。"据说这是王氏的创见,学界尊为"境界说",不但成为说诗评词的准则,也用以衡量散文小说。

"境界"本来就难懂,《人间词话》对这个术语的内涵没有明确的界说,演绎发挥又语焉不详,越是说到重要的地方越是模糊不清,以致我当初一时难以领会。"境界"既然如此重要,《人间词话》又是"境界说"的经典,我也只有钻研窥探,看看能得到多少帮助。

在《人间词话》里面,"境界"虽然没有清楚明白的定义,但是他列举了许多"有境界"的名句，我们可以研读品味这些名句，自己体会什么才是境界。王氏标举的句子是：

> 红杏枝头春意闹
> 云破月来花弄影
> 泪眼问花花不语，乱红飞过秋千去
> 可堪孤馆闭春寒，杜鹃声里斜阳暮
> 采菊东篱下，悠然见南山
> 寒波澹澹起，白鸟悠悠下
> 马鸣风萧萧，落日照大旗

这些句子都是具体的描绘，也许王氏的境界，就是近人所说的形象、或者意象？诗词忌抽象的说明，我倒是听得懂。王氏说，红杏枝头春意闹，这个"闹"字写出境界来，云破月来花弄影，这个"弄"字写出境界来，我了解，正是因为有了这两个字，形象更具体也更鲜明，仿佛人的喧哗取宠和搔首弄姿，跃然纸上。

我是否可以跟着说，"但愿人长久，千里共婵娟"有境界，"千里共佳节"，没有境界。"曲终人不见，江上数峰青"有境界，"江上风景好"，没有境界。"中年听雨客舟中，江阔云低，断雁叫西风"，有境界，"东奔西走，有失落感没有成就感"不成境界。

这就难怪，有些句子，像张孝祥的"遥想当年事，殆天数，非人力"，像刘过的"人间世，算谪仙去后，谁是天才？"，像辛稼轩的"怨无大小，生于所爱，物无美恶，过则为灾"，虽然都出于一等一的名家之手，也在王国维的"境界"里没有位置，因为都是抽象的论述。

仔细想，并非一切"具体的形象"都可以称为"王国维的境界"，照《人间词话》所举的例句看，它还得有一个条件，能够兴起美感。前贤说过，总有一些形象不能入画，不能入诗。谁愿意去画一个严重中风、嘴歪眼斜的面孔？即使他劝人注意养生，也不能如此毒辣。谁愿意拿起照相机对准一滩模糊的血肉？除非他是办案的刑警。人间多少食之无味的菜，视之无味的景，听之无味的声，遇之无味的人，偏偏也有作家津津乐道。如何能够认识、得到、运用"能兴起美感的具体形象"，我们得用心寻找答案。

《人间词话》论境界，举例以摘句为主，"造句"并非写作的终端工程。我记得，一首词，若是字数很多，即所谓"长调"，大概不会每一句都是具体的形象，其中总有一些句子是抽象的论说或概括的记叙，整首词反而因此更有境界。到了字数更多的文体，小说，更是抽象和具体交错跃进，整篇形成一个境界。这个整篇形成的境界，比那一句一句表现的境界，是不是更重要？

且看秦观的《鹊桥仙》，写每年七夕牛郎织女相会：

纤云弄巧，飞星传恨，银汉迢迢暗渡。金风玉露一相逢，（具体）

便胜却人间无数。（不具体）

柔情似水，佳期如梦，（不具体）

忍顾鹊桥归路。（具体）

两情若是久长时，又岂在朝朝暮暮？（不具体）

整首词以连续的具体描绘构成，如同无声电影，其中穿插不具体的成分，如同无声电影的旁白，有了这些旁白，这首词境界全出，情人内在的空间大于外在的空间，对这天下地上无可容身的爱情，开拓了独立自足的精神世界。

再看苏轼的《水调歌头》，写他在中秋之夜饮酒赏月的一番情怀：

明月几时有？把酒问青天，（具体）

不知天上宫阙，今夕是何年。（不具体）

我欲乘风归去，又恐琼楼玉宇，（具体）

高处不胜寒。（不具体）

起舞弄清影，（具体）

何似在人间。（不具体）

转朱阁，低绮户，照无眠，（具体）

不应有恨，何事常向别时圆？（不具体）

人有悲欢离合，月有阴晴圆缺，此事古难全。（不具体）

但愿人长久，千里共婵娟。（具体）

这首词具体描绘出一个虚清空明的小世界，苏东坡安顿了自己的身心，很有境界。倘若仅仅如此，未免单薄，有那些近乎抽象议论的句子，增加了厚度，耐人咀嚼。我们读那些标示为"具体"的句子，感觉如同"起舞弄清影"，读那些标示为"不具体"的句子，感觉如同"我欲乘风归去"，这一趟忽高忽低的神游，最后乘着降落伞缓缓落地。正是我要追求的阅读经验，也可以称之为我希望达到的作品境界。

《人间词话》一开头就提出"有境界则自成高格，自有名句"。在这里，"自成高格"四个字，也许指的是整篇的境界吧？可惜他在这方面落墨不多。《人间词话》好像只注意境界的大小，这里出现了一个"高"字，是否表示他也认为境界有高有低？很可惜，他在这方面没有大大发挥。对我们学习写作的人来说，"境界"不能以警句代表，也不能到审美为止，我们面临的问题比这个多。有学问的人为了解决问题，管境界的大小叫"格局"，管境界的高低叫"意境"，把"境界"一词中立化了，回头看，在《人间词话》里，境界好像本来就是一个中立化的字眼？

谈到文学作品的境界，初学乍练的人常觉得如坠五里雾中，我们来寻找最简单的说法，最基本的了解。

境，是一种状况；界，是一种分别。当某种状况出现时，佛家称为"境界现前"，人在进入此一状况后，即受到这个状况的局限，人生有境界，好比图画有画框。如果用电影表现人生，一个镜头，一个画面，就是一个境界。如果用文学反映人生，"春眠不觉晓"是一个境界，"小楼一夜听春雨"是另一个境界。

就像电影镜头有远景、中景、近景、特写，文学作品的境界也有大小，所谓大，往往空间辽阔，现象复杂，所谓小，往往相反。无边落木萧萧下，境界比较大，蜻蜓飞上玉搔头，境界比较小。有学问的人说，境界不以大小分优劣，大境界未必比小境界好，就纯粹审美来说是如此。

文学表现人生，使用许多连续的、有组织的境界，一如电影是许多连续的、有组织的镜头。这一连串境界不但激发我们的感情，还引导我们思考，你可以说，这时我们读者面对的是一连串大小境界组成的X，我们无以名之，前贤仍然称它为"境界"。这种混淆，常常使我们后之来者困惑。

我们也许可以用"单一境界"或"复合境界"来区别，单一境界的形容词是大小，复合境界的形容词是高低。据说，当年楚王出去打猎，遗失了心爱的弓，左右要派人寻找，楚王认为这是楚国人的弓，就由楚国人捡去吧，不必找了。这个故事叫作"楚弓楚得"。在这个故事里面，"楚王的弓"是一个境界，"楚人的弓"是另一个境界，一般认为"楚弓楚得"的境界比较高。

据说，孔子听到了这件事，他有评论，他说这张弓是"人"的弓，不论是哪国人捡了去都好，何必一定要楚人？他打破"楚弓楚得"的局限，提出"人弓人得"的思维，这又是另一种境界，一般认为孔子的境界更高。

由"王失王得"到"楚失楚得"，再到"人失人得"，好像圈子越画越大，见解也越来越高，仿佛"大"跟"高"有牵连。所以"境界"的形容词除了有大有小，还有高有低。有学问的人说，境界不以大小定优劣，那是指单一的境界，到了复合的境界，是否出现优劣的问题？是否可以用高低定优劣？作家大都追求更高的境界。

我们在日常生活中常常碰到境界高低的样相，因此在写作时也常常有境界高低的考虑。教堂在牧师证道的时候，照例向听讲的人募捐，执事者用很长的竹竿挑起一个小口袋，伸到每一个听讲的人面前，让他们把钱放进去。想当年使用铜板的时候，捐钱的人要把钱握在手中，不让别人看见数目，要把手伸进袋中，轻轻放下，不让人听见数目，防止捐钱多的人炫耀，也体谅捐钱少的人，保护他的自尊心。

于是出现了一种状况，有人把空空的拳头伸到捐款袋中去，暗中伸出食指中指，偷偷的夹带一个铜板出来，装进自己的口袋里。这就可以看出境界的高低，放钱进袋的境界应该高于（也优于）取钱出袋的人。

马路旁边，常有乞丐坐在那里等待施舍，路人的反应不一，有人昂然越过，认为与他无关，有人把手伸进口袋，摸着钞票，为己和为人在心中交战，那只手到底没有伸出来。有人掏出一分钱一枚的硬币，这玩意儿还有货币的价值吗，沉甸甸的是个累赘，现在既可行善，又可以减轻负担。有人无意中收到一张十元的假钞，他如果用它买东西，店员可能立刻报警，所以一直放在口袋里发烫，好了，现在丢给他吧，由他去碰运气。形形色色，都是高下不同的境界。

说到境界高低，中国还有道家和佛家。道家评论"楚弓楚得"，认为孔子说"人得之，人失之"，那个"人"字还是多余，弓有独立的自己，并非附属于人，得失都是这张弓自己的事，并不是任何人的事。佛家再进一步，认为"人"和"弓"都是本来无一物，因此无所谓得失，这样才算是"究竟"。这样就越说越高，脱离了实际生活，可是它形成一种观念，反过来影响人的生活态度，所以也成为文学作家追慕的境界。

芸芸众生各自活在或高或低或大或小的境界里，好比台湾阿里山上的生物一样，阿里山海拔2216米，由山脚到山顶，有亚热带、暖温带、温带、寒带各种气候，各个温层的动物植物并不相同，例如亚热带的阔叶林，到寒带就看不见了，有些鸟生长在海拔高的地方，不会在海拔低的地方安家，他们各有其境，各自为界。

人类毕竟和草木禽鸟不同，人可以登山，由阿里山的山脚登上山顶，见识各种境界，人也可以搬家，选择、改换自己的境界。一个人阅历有限，文学作家有想象和虚构的特权，他可以把各种境界展示出来给大家看，引导住在山脚下的登山一游，也许，人就因此提高了自己的境界，至少，人就因此可以欣赏别人的境界。所以作品讲究境界，作家要提高、扩大自己的境界。

原载 2014 年 5 月《羊城晚报·副刊》

遥远的回声

庄秋水先生以"一个世界的消亡"为题,评介我的回忆录,他进入我的世界,摩挲一些东西,领受一些东西,也留下一些东西,委婉诚恳,我深感欣幸。

我的回忆录分四卷写成,据我所知,台湾的读友们注意我怎样写国共内战,第三卷《关山夺路》,情节曲折惊险。大陆的读友们注意我怎样写台湾,第四卷《文学江湖》,他们关心这"最后一片土地",尤其想知道它如何由专制中蜕化出来。庄先生不同,他偏爱第一卷《昨天的云》,我在那本书里描述我幼年时期的故乡,所谓"一个世界的消亡",就是指那个"乡绅主导的乡村社会"。

秋水先生"双眼自将秋水洗",看出我以什么样的心态写《昨天的云》。我只能用比喻,写《昨天的云》如饮乳,写《怒目少年》如饮水,写《关山夺路》如饮酒,到了写《文学江湖》的时候,那就是捏着鼻子喝药了。海外的读友们跟我一同喝酒的人比较多,跟我一同饮乳的人很少,我很在意大陆读友的口味如何。那片昨天的云消逝以后,今生饮酒饮水饮药的机会很多,想到饮乳,只有饮泣。我偏爱这本书,敬爱那"偏爱这本书"的人。

这个社会的变化,有几个原因,一是帝国主义的经济侵略,农村经济破产;二是多年抗战,中产阶级崩溃;三是革命,彻底翻造了社会基层。在这个大背景中,我浓墨渲染了一个"疯爷",这个人物得到秋水先生的同情和欣赏。疯爷是看出危机而又坐以待毙的人,他"茫茫大难愁来日",而又"事大如天醉亦休"。一如庄秋水先生所指,疯爷可以算是兰陵的象征,也可以算是我的前身,后来我一生慌张奔走,都是"带着混乱模糊的原罪"在大限之前兜圈子。

疯爷是"该死"的人,死了。我是该死的人,没死。大文豪茨威格说,他绝望,他写回忆录。照我的理解,人到了古人所谓五湖四海、涕泪飘尽的时候,也就有了苏东坡"空故纳万境"的胸怀,可以公平对待一切得失荣辱恩怨情仇。长期流离失所可以逐渐消除对世间的执着，割舍可以成为习惯，也培养某种自信。我若不出国，不能到达这个火候，没有这个火候，我不能打造这块叫作回忆的顽铁。国家撕裂，民族坠落，人间碎的未必都是玉，我地道地道是瓦片，却也掷地有声。

我从小就是基督徒，我现在知道基督教和中国文化冲突的一些史实，也知道现在主流社会对基督教的看法。回忆录是写个人的经历，我幼时参加的那个长老会，努力把儒家经典的许多文句纳入教义，很少强调神秘经验，在我心目中，基督和孔孟共同教育了我。长老会来自美国，我进礼拜堂的时候，他们已在提出"自立自养自传"的口号，逐渐脱离美国差会的控制。以我身受，长老会以基督补孔孟之不足，我后来又以释迦补基督之不足，最后我觉得我仍然是儒家的信徒。可以说，儒家生我，基督育我，政治伤我，释迦疗我，出了医院，回到儒家。

我声称要为情义立传，乃是说，我遇见了几个有情有义的人，没有他们，我不能活成这个样子，甚或根本无法存活，天地君亲师都救不了我。我说过，每一层地狱里都有一个天使，问题是你如何遇见他，我要写这位天使，必须写整层天堂。我也说过，每一层天堂里都有一个魔鬼，问题是如何躲开他。为了和天使对照，我也写魔鬼，为了写魔鬼，也得写地狱。这也为我写回忆录增添了动力。我常想，为什么人和人相差这么远，这两种动物怎么会是同类。想到那些好人，我心软腿软，需要朝一个对象下跪。有人问我为何能始终维持幼年时期的宗教信仰，应该这就是答案。身为作家，我当然希望我有限的表述不只是有限，也能反映什么、代表什么，那是文学对我的要求，庄秋水先生认为我做到了，这是对我的大奖大赏。

庄先生对那个社会的崩坍，这个社会的代兴，以不甚确定的语言，作十分精到的剖析，历史识见、语言技巧，使我恍然回到初读《剑桥中国史》（中译本）之时。他这番议论，可以视为对我的回忆录作出诠释，大大抬高了我的四本书。尤其是，他注意我在书中的指陈，当时世界潮流向左，我趁此机会作一点补充。

那时，"走路要靠左边走"，延安时期，中国共产党处境何等困苦，党人"贫贱不能移"，那时渗入政府内部的党人，即使踞高位，享荣华，也"富贵不能淫"。那时候，有人说，佛教是共产主义，"六和敬"要大家吃一样的饭，学一样的功课。那时候，有人说，基督教也是共产主义，基督受死，复活，升天，就是唯物辩证的肯定，否定，否定之否定。那时候，简直连我们呼吸的空气里面都有共产主义的成分。今日反思，我简直觉得，即使没有西安事变，即使没有马歇尔调处，中国共产党也终能取得天下。至于中共行事处处与国民党相反，那是战术层次，"战略错误，战术不能补救，战术失败，战略也不能实现。"

原载财新网 2013 年 12 月 13 日

第二辑

从"莫奈何"说起

名作家余秋雨先生在《山居笔记》里谈到山西人理财,博而有趣。有件事可以补上一笔:做生意发了大财的山西人先在地上挖个大坑,再把银子熔成液体,倒入坑中,等银子凝固,加土掩埋。这样,总有一天盗贼入宅抢劫,明知银子埋在什么地方,也无法取走。用这种方法储藏起来的银子有个名称,叫"莫奈何"。

"莫奈何"是从强盗的角度取名,颇有幽默感。不过此事另有一说,认为"莫奈何"是宋代张浚的发明,他把银子铸成圆球,每个重量一千两。我不知道南宋一千两有多重,料想一个人不便携带,何况银子是圆球形,"提携捧负"都困难。如果抓民夫、雇车辆搬运,盗贼撤退的行动迟缓,容易被官兵追及,也留下很多破案的线索,真个"莫奈何",名不虚传。

清人笔记里有个故事,跟"莫奈何"可能有衍生关系。据说濮阳有个姓刘的,把大量白银铸成四十斤一个的大锭,藏在楼板下面,强盗进门,向家主刘某要钱,刘某掀开地板说:"你们自己拿吧。"

大凡同型的故事,后出者要比早出者复杂。刘先生任凭他们搬银子,他们也就每人扛着一锭银子,十分开心。他们回到盗窟,盗首见状,沉吟不语,断然命令众匪回去把刘某杀死。凡是首领都比较聪明,比较能往大处远处想,他看透了刘某的下一步棋。可是刘某也看出盗首的下一步棋,他带领妻子儿女连夜离开家宅,找了个地方藏起来。盗首听说事主刘某全家失踪,料知后果严重,立刻单独行动,兼程夜遁。他的那些党羽部下还在心满意足地扛着银子呢,官兵来把他们一网打尽了。盗首为何不把自己的先见之明告诉群盗,带着大家一同逃走呢?这就涉及人的本性,盗首知道:要他的部下丢下已经到手的大锭白银,没有人肯听从,而且群盗可能裹胁他,弄得他也无法脱身。

山西富商的"莫奈何",可能是从南宋的张浚学来的,清代的那位刘先生，又可能是学自山西。至于张浚又是从何处得来的灵感，就不知道谁能说个明白了。天下有多少事都是模拟吸收，增删损益，天下有多少文章也是因陈出新，变化创造。这是行为的通则，也是文学创作的常轨。钱锺书教授在《谈艺录》里，对中国旧诗的这种发展痕迹说得十分清楚。

小说戏剧亦然。且说眼前的一个例子：《聊斋志异》写过一个"换头"的故事，把人的脑袋给换了。脑袋是人体最重要的部位，换了头，等于什么都换了，一切困难都可以解决，换言之，一切麻烦也都会惹上身来。后来有位小说家写两个男人换了头（真抱歉，我忘了谁的小说），他们的妻子觉得非常困惑："到底哪一个才是我的丈夫？"以头为准还是以身体为准？辨识一个人，头部固然重要，但以夫妻共同生活的经验来说，身体也很重要，也许更重要！到了好莱坞，换头改成换脸，也就是换面具。两个男人一向戴着面具行事，不把真面目示人，有一天，这两个人彼此交换了面具，而且一经交换之后不能换回，因为面具再也取不下来。在电影里换面具比较容易，也比较合理；可是太容易也使不得，增加一条限制，面具取不下来。电影讲究视觉效果，面具比较有看头。由一个人换头到两个人换头，再到两个人换面具，一路发展下来，越来越复杂精彩。

清代有个赵吉士，写过一本笔记，名叫《寄园寄所寄》。他的意思是，天下万事万物都是暂时的现象，都是"寄"，他活在世上是"寄"，他写出来的这本书是"寄"，书中所说下来的内容，也无非是一种"寄"。这话很有佛家的气味，不过他的书倒是认真做文章，走儒家的老路子，看来是不折不扣的"记园记所记"。

据赵吉士记载，有一富家，半夜进来了强盗，盗贼把事主一家捆起来持刀威胁，要杀掉家中最小的儿子。全家吓得说不出话来，独有一个使女挺身而出，带着强盗去搬运家藏的细软。强盗走后，大家抱怨使女和强盗合作，使女说："别着急，我认识他们中间一个人，知道他住在哪里。"第二天，事主报官，使女提供线索，果然破案。

这个故事有另外一个版本，也是半夜来了强盗，也是全家吓得说不出话来，主角换了姨太太，她打开储藏室，举着蜡烛，引导强盗抢劫。事后，她告诉家主："我乘他们不备，在好几个人的衣服上滴了蜡泪。"官衙据报派出捕快多人，到茶楼酒肆赌窟留意察看，见衣服背后有蜡泪的人，立即逮捕审讯，结果捉到了该捉的人。第二个版本增添了蜡泪,有了前一版本所没有的曲折和情味。

正月十五看花灯,大人让孩子骑在自己的两肩上,在人丛中挤来挤去,那场面,我们都见过。大人赶热闹出神忘我,"拍花贼"就专门趁机会拐带儿童。孩子已经换到一个陌生人的肩膀上,大人还懵然不觉,孩子知道不妙,却也不敢声张。

下面的情节是,元宵气候还很冷,孩子戴着毛线织成的帽子,"拍花贼"戴着卷边的毡帽。孩子聪明,从自己的帽子上扯下一截毛线来,悄悄地塞在贼人的毡帽里。毡帽的卷边在帽子周围形成一个夹层,戴帽子的人轻易不会把它打开。这一段毛线,也和"蜡泪"一样,成为破案的证据。两者都是受害人在犯罪人的身上留下巧妙的记号,都是弱者展现了强者意想不到的智慧。在情节设计上,这两个故事是同父异母的姊妹,或是风媒交配的混血儿。很多故事就是这样繁殖出来的。

也好。两仪生四象,四象生八卦。恰似一棵树,向后推衍,枝头万点,向前追溯,同归一干。我们都听说过文学作品中的故事只有三十六个,这话当然不能尽信,但若不问后裔,直探远祖,也许还少于三十六个呢。也许人的谋略真的不超过三十六计,也许科技发明真的不超过三十六类,

"三十六",表示数目有限而已。如果文学是一棵大树,你我究竟是在枝头跳跃游走,还是抱住树干不放,倒也耐人寻思。

串珠效应

清人笔记中有这么一个故事：

大户人家娶媳妇，上下忙成一团，到了夜晚，小偷乘乱而入。谁料小偷黑夜中碰倒一根梁木，被梁木砸死了。全家惊慌愁苦，唯恐要为这场人命官司倾家荡产。新媳妇有胆识，认出那死去的小偷是邻家男子，想出解围的办法。她吩咐准备一口木箱，把尸体装进去，命家人把木箱悄悄放在邻家门口，轻轻敲两下门，立刻躲开。死者的妻子闻声开门，以为木箱是丈夫偷回来的赃物，连忙把木箱拖进家中，用心藏好。她等到天亮还不见丈夫的踪影，忍不住打开箱子看看，看见丈夫的尸体，心里明白，口中却不敢声张,只好默默地把丈夫葬了。

……

文学作品崇尚轻薄短小,古已有之。明清人的笔记大致奉行这个原则。"笔记"的旨趣是自娱娱人,古人也知道不能把读者的注意力长久集中在一点上,要在读者兴致盎然时趁机转换场景人物和事件,只是他们不曾发为"理论"而已。

既然旨在娱人,选材也就以"精彩"为准。所谓精彩,是指能引发读者饱满的情趣,古人在这方面似乎也没留下论文,只从效用上提出两个检验的标准,就是要能进入"茶余酒后"和"渔樵闲话",换言之,也就是能够帮助消化和忘记疲劳。这标准也许太低了,可是新文学水准千遭归大海,想不到今天又出现这样的市场规律。

且看另一条:

皇帝祭天,事后收拾祭器,短少一个金瓶。嫌疑犯锁定了一个厨子,厨子受尽拷打,只好认罪。问他金瓶藏在哪里,他顺口说埋在祭坛旁边。官府派人按照他招供的位置挖掘,没有发现任何东西。

过了一年,有人拿着一条金绳出售,这条金绳正是拴在那金瓶上的附件。官府将此人逮捕,此人承认偷了金瓶,赃物呢，也是埋在祭坛旁边。官府派人挖掘，果然找到金瓶。金瓶出土的位置和那厨子胡乱招供的位置相差只有几寸。

读到"相差只有几寸"，真觉得惊心动魄。这故事比希区柯克拍的"冤狱"更精彩。试想，如果那胡说招供的厨子，带着官差挖地起赃，凑巧挖到金瓶，他岂不是死定了？这几寸之差怎么解释？定数？偶然？天恩？鬼祟？

不完整的故事，有人称之为"事件"。有些事件很精彩，笔记作者并不勉强扩充补足，保存它的天然残缺。例如，端午龙舟竞渡，桥上站满了观众，船在桥东，观众都往东看。等到参赛的船通过桥底，船到了桥西，观众一齐转身扑向桥的西侧，桥立即塌了，一百多人掉进水里。那些不会游泳的，眼看就要淹死，而事起仓促，岸上的人来不及救援。幸而河边有个茶馆，门里门外摆了不少方桌长凳，老板一声令下，伙计们搬起桌子凳子往河里丢，落水的人抓到手，可以当救生圈使用。——如果拍电影，这是一场好戏。

中国文人有写绝命诗的传统，绝命诗和定情诗、除岁诗、下第诗一样是诗的一个大系。孙蕡临刑时占绝句："鼍鼓三声近，西山日又斜，黄泉无客舍，今夜宿谁家？"行刑后，监斩官向皇帝复命，皇帝问孙蕡有什么遗言，监斩官回奏留下一首诗。皇帝见了诗十分震怒，问"有此好诗，何不早奏？"竟连监斩官也杀了。

那首诗，有人说是出于金圣叹之口。但金圣叹死了也就死了，没有后起的波澜，不构成"事件"，我宁愿把它记在孙蕡名下。监斩官死得莫名其妙，使今天的我们啼笑皆非，但在当时，应该人人因天威难测而震恐失色吧。"有此好诗，何不早奏？"早奏了会怎样？孙蕡可以不死？因诗赦罪、因诗得官、因诗讨到好太太的例子倒是有的，抚今忆昔，面临"文学死亡"之宣告的我们，真是不胜感慨。

这种小故事、小事件，可以是构成长篇小说的砖石。传统的小说家爱用类似串珠的办法写长篇，这"珠"就是类似上述的小故事小事件。宝蟾送酒、晴雯撕扇，都可以当"珠"看。"红楼""水浒"所以令人爱读，除了"大处着眼"另有独到，"小处着手"的秘诀即在"串珠"。惜乎，当代小说家之不屑于为此，或不善于为此，久矣。

最近读虹影的长篇小说《饥饿的女儿》，三百五十页一气读完不觉其长，其魅力正是来自"串珠"。不错，读者喜欢轻薄短小，但虹影集许多轻薄短小来表现博大厚重，使两者发生"战术"与"战略"的关系，战术成功，战略实现。例如，一青年死于"文革"武斗，"他的母亲正在家里编织绒线衣，听到噩讯，钢针插进手心，一声未叫得出来，中风死去。"还有：

八月八日，打枪打炮，成了这城市一个新的谚语，表示不吉利。时隔十三年，有人将自己的亲属从沙坪坝公园红卫兵烈士墓区挖出重新安置时，吓得魂飞魄散，"是冤鬼哪，冤鬼！"头颅骨全变成绿色。有人说是由于射进脑子的铜子弹，随着脑子烂成水，染得满颅骨铜绿。

不能多抄。这些像是从笔记中摘出来的小玩意儿，或者说，这些可以一条条写进笔记的"异闻"，虹影这本书里几乎每页都有。虹影从人生中寻出许多晶莹剔透，叙述力求简洁，不事空泛的抒情，以事件的本身去震撼读者，正是古人笔记的三昧。古人的笔记是一盘散沙，而虹影真个聚沙成塔，《饥饿的女儿》是塔的形象，不是沙的形象。葛浩文先生为此书作序，为塔的形象作了画图。但若由已成逆向探索未成，看《沙的形象》对我们有多少启发，也许可以和葛序相辅相成。

都德：《小东西》

都德有一本小说，书名是《小东西》。一般认为这本书里面有很多材料是都德的自述，都德把他童年的生活经验很直接地放进这本小说里。这种自叙体的小说是青年朋友们最感兴趣的东西。很多人想写小说，原因是，他认为他自己的一生是一本很好的小说。他觉得写小说比写普通的自传好，小说不必太忠于事实，可以把过去某一部分经历美化，把实际生活里的某一些缺陷填满。所以很多作家的第一部小说，都带着浓厚的自传性质，他要文艺之神先为他服务，然后慢慢再想到写作方面其他的抱负。抱有这种目的的人，更会喜欢都德的这本小说。

拿自己的半生经历写小说，仍然需要技巧。固然，材料是现成的，可是，这些材料怎样排列？怎样组织？半生经历，论时间是那么长，论地点又可能非常多，所遭遇所发生的事件又那么散漫。《小东西》用"串珠"的方法来组织这些材料，这是小说结构的方式之一。

我们来把《小东西》打开。这本书的书名，就是书中主角达尼埃尔·爱赛特的诨名。他生在一个作坊主人的家里，六七岁的时候，家道中落，他的父亲就卖掉作坊到里昂去生活。在那期间，他死了一个哥哥。他生起念头想做一个诗人。可是，家境一天比一天更困难，全家离散，各自谋生，小东西又多了一个念头，决心要重振家业。两个念头合起来了就是做一个有名气能赚钱的诗人，使家运复隆。离开家庭，小东西到一所公学里面做事，在那里发生了很多很多的事情；他在那里爱上一个黑眼睛的小姐，发生了很多很多事情；他的另一个哥哥跟贵族当书记，发生了很多很多的事情；不久，小东西上了别人的当，被学校当局解职，只好跑到巴黎跟他的哥哥一起生活，又发生很多很多的事情。在巴黎，小东西想做诗人，出版了一本诗集，赔了很多钱；在巴黎，小东西认识了一个坏女人，吃了很多亏；在巴黎，小东西和他的哥哥共同认识了一个瓷器店老板的女儿，那位小姐爱达尼埃尔·爱赛特（小东西），不爱杰克·爱赛特（小东西的哥哥），于是小东西做了瓷器店老板的女婿。这个老板再没有其他的儿女，于是小东西又做了这家瓷器店的继承人。这是《小东西》一书大概的情节，它像我们每个人的一生一样，是一连串层出不穷的事件，你很难把它分成开头、中间、结尾三部分，你指不出来哪里是上升，哪里是顶点，哪里是下降。这种小说是把那些层出不穷的事件，由头到尾，贯串一气，这就是所谓由根到叶的写法，也就是所谓"串珠"。

所谓串珠最重要的是"珠"字。如果"串"的不是"珠"，就不能算是小说，至少不是《小东西》这样的小说。什么是珠？最普通的解释，它就是我们一般常说的小故事。《小东西》是一个大故事，这个大故事由很多很多的小故事连续而成，大故事不见得惊险离奇，小故事却个个生动隽永。在报纸上，常有人物特写一类文字，一个出色记者去访问一位人物时，他会要求："请说一些你生平的小故事。"他得到十几个二十几个小故事以后，加以选择，加以排列，完成一篇非常生动的特写。当他向对方要小故事的时候，就是"取珠"。这时候，他找材料的方法，跟写串珠式的小说是一样的（后来所完成的东西，当然不同）。这种小故事有一个专门术语，叫作"插话"。插话是具体、生动、意象鲜明的小小事件。如果没有养成好说大道理的习惯，得到它们并不困难。在茶余饭后所说的张家长李家短的笑话就是插话；和老朋友对坐谈心，说不完当年有趣的事，那一个一个都是插话；在分析一个问题的时候，往往需要举例，"这里有一个例子"，下面说出来的很可能就是一个插话。插话是小说家决不忽略的东西，很多作家都有笔记簿，随时把他发现的插话记录下来，免得忘记。例如契诃夫，后人发现在他的笔记里面有如下的材料：有人被车子压断了一条腿，他不想念那一条腿，想念那只靴子，因为靴子里藏的是钞票；有一人向来不吃死鱼，他怕死鱼里面有毒；又有一对夫妇专门在没有客人的时候吵架，等等。这些都是插话的材料。

在《小东西》里面，哪些文字是插话呢？太多了！就看第二页吧：

> 开场我就应该说，我之降生于爱赛特家实在不曾载了幸福来的。我们的厨娘老亚奴历来便这样对我说：不知为着什么，我父亲此时正在旅行中，同一个时候一方接到我出世的消息，一方接到他的一位马赛顾客逃走的

消息，这人曾拿走了他四万多法郎；爱赛特一时便悲喜交集起来，他自己问自己，仿佛别人问他似的，究竟应为马赛顾客的逃走而哭哩，或为小达利降生而笑……你当然应该哭，我的好爱赛特先生，这两件同时发生的事你都应该哭的。

再看下去，小东西细想他自己是荒岛上的鲁滨逊：

我对于鲁滨逊的狂热却不曾冷息过一刻。恰在这时候，巴底士特舅父忽然厌烦了他的鹦鹉，便拿来送了我，这东西因此替代了礼拜五。我把它放在我卧室深处一个体面的鸟笼里；我简直就变做了克吕所埃了，成日都同着这有趣的雀儿在一块，并且找了一句话来教它说："鲁滨逊，我可怜的鲁滨逊！"你们懂得是什么缘故？这鹦鹉，巴底士特舅父之所以送给我，因为讨厌它不住口的唠叨，偏偏一属了我，硬就不说话了……不但别的话，就是"我可怜的鲁滨逊"这一句也不说；我简直逗不出它的语言来，虽然如此，我仍是很爱它，仍是很当心的看护它。

这些都是插话。

有没有不是插话的文字呢？当然有。一般说来，故事是插话，对故事的解释和论断不是插话。第一个例子："开场我就应该说，我之降生于爱赛特家实在不曾载了幸福来的。"以及后来："你当然应该哭，我的好爱赛特先生，这两件同时发生的事你都应该哭的。"这些话只是插话的附属品（在整个小说里面，他们可能是必需品）。还有，在串珠式的小说中，小说的核心部分应该多用插话，过场处往往不是插话。但是，在《小东西》里面，我们发现核心部分也有不是插话的时候。小东西在公学里面做职员，管理一班顽皮的学生，常常受学生的捉弄。学生怎样捉弄他？没有具体事实，都德用一段叙述代替事实：

> 这是非常可怕的生活。在四周的恶意中，在常常畏惧中，在常常戒严、常常可恨、常常武装中，这是极可怕的刑罚。——大家做了些不正当的事，无论如何——极可怕的疑惧，到处都有陷阱，不曾安静地睡过，不曾舒服地吃过，乃至在停战的一分钟间，自己也常说：哈——上帝……现在他们又将怎样作弄我呢？

这种叙述相当空洞,在小说的核心部分不宜如此。

插话是"珠",排列组织的技巧就是"串"。"串"也不能说不重要。一本小说是一个连续的生命,它不是一盘散沙,也不能是断了线的项链。《小东西》的结构很完整,它把许多珍珠串在一根线上。为达到此目的,他有几种技巧。

首先,不论有多少插话,所有的插话都有一个使命,紧紧围在主角小东西的命运四周。有些故事对他的命运发生重大作用,例如:他替人家写情书,反倒落个诱骗妇女的嫌疑,弄得失去了职业;有的插话跟他的命运没有直接关系,例如:他听说楼上住的一位女客叫白鹁鸽,常常幻想那是一位美丽的太太,及至有一天见了面,不觉哑然失笑,原来她又黑、又丑、又蠢。跟主角命运有直接关系的插话,作用非常明显,那些没有直接关系的插话,也在离开主角一点点距离以后,又赶快靠拢,向心力与离心力平衡,显得整个大故事血肉丰腴。这样一路行进,不至单调,也不会逸出轨道。

另一个重要的技巧,是安排插话与插话之间的"接榫"。我们回忆自己的过去,没有哪件事情是孤立的,一件事情引起了另一件事情,一件事情改变了另一件事情。脉络连绵不断,整个故事才成为有机体。《小东西》提到一只鹦鹉,之后，隔了很多时间，这只鹦鹉又发生一段插话。他们搬家里昂，登上乱七八糟的码头，天已经黑了，又正在下雨，就忘了把那只鹦鹉搬下船来。从来不叫的鹦鹉，这时候忽然高喊"鲁滨逊！我可怜的鲁滨逊！"，大家听到这声音，才想起来应该把它带走。前面出现鹦鹉，后面再出现一次，这中间叫作伏脉，这条伏脉很短。本书提到一种昆虫，名叫"偷油婆"，这种昆虫是家庭的大害，小东西家住在里昂，很受这种昆虫的困扰。多年以后，人事几经变化，偷油婆的问题又提起了，那时爱赛特家全家分散，家具都已卖光，只剩下杰克一人住在空屋子里。起初，它们在厨房里作乱，杰克奋斗无效，就把厨房锁好，任凭它们胡闹，谁知它们多得不可思议，竟占领了饭厅，占领了客厅，占领了卧室，逼得杰克无路可退，只好把整座房子丢下不管，逃之夭夭。前面出现偷油婆，很久以后再次出现，其间伏脉很长。相邻的插话有关系，不相邻的插话间又有伏线，所以许多插话息息相关。一个插话固然为主角的命运及故事主题而存在，但是，多半的情形是它也为别的插话而存在。它们彼此呼应而又互相补充，因此，插话与插话间看不出界线痕迹，这才是串珠式结构的上乘功夫。这样写成的小说，如果气魄特别大，就从一串珠链一变而成滔滔千里的大河。

许多小故事汇合成大故事,这个大故事才是这部小说本身。小故事需要精彩,大故事需要健全。选择插话是小处着手,整个的经营是大处着眼。由大处看《小东西》,这是写一个破落户的子弟,发奋兴家,要做一个能赚钱的大诗人,后来诗人做不成(或者说,能赚钱的诗人做不成),做了瓷器店的老板。男主角的愿望,可以说达成,也可以说没有达成,故事可以说完结,也可以说没有完结,这就是人生,这就是接近真实人生的小说。

梅里美：《可仑巴》

人生在世，身不由己。别人做了某些事，影响我们，使我们不得不去做某些事，我们所做的这些事同样的会影响他人。这种影响，有的是散漫的，微弱的，有的非常清楚、强烈，可以把受影响的人紧紧抓住。这种强烈的影响力和它的反作力，是小说或戏剧的要素。而如何把这种多边的人事关系铺排停当，戏剧家们建立了一些规则，这些规则被小说家移用，形成了小说的另一种结构式。

这种小说，像《可仑巴》[1]，由几个主要的人物不停地

---

1 本文依据台湾学者王梦鸥译本。大陆出版的傅雷译本名为《高龙巴》，郑永慧译本为《科隆巴》。

互相冲突着。像《可仑巴》，冲突是在一个小岛上进行，也就是说，故事在比较狭小的空间中发展，一如戏剧在舞台上集中。像《可仑巴》，它在一开始的时候，就使主人翁陷于极困难的境地，困难的解决，也就是小说的结束。读这种小说很像做梦，在睡眠之后，我们的灵魂有时候钻进一座迷宫，每一条路都像是出口，可是无论怎么都找不到出口，心里正在着急，忽然发现出口，可也就在这个时候醒了。

《可仑巴》是法国文豪梅里美的作品，被称为一本结构极好的小说。在这句称赞的话里面，"结构"就是"像戏剧那样的结构"。什么是戏剧的结构呢？简单的说：1.两股力量（用两个人来代表）发生冲突。2.冲突得到解决，然而只是表面上的解决，根本危机仍在。因此3.又一次冲突，这次冲突比上次还严重，同时埋伏了下次冲突的种子。4.再冲突，更大更严重的冲突。5.再再冲突，直到最大最严重的一次，这一次，谓之最高潮。6.最高潮来了，彻底解决问题的条件也酝酿成熟了，于是急转直下。7.冲突解决，故事结束。成语有"一波未平，一波又起""多行不义，必自毙"以及"冬天来了，春天还会远吗"等等说法，都可以帮助我们体会"结构"的道理。讲逻辑的人告诉我们有"矛盾发展律",更可以拿来当作对结构有力的注解。

《可仑巴》这本书的名字,也就是书中女主角的名字。这位小姐骁勇善战,任侠使气,也美丽,颇像中国的十三妹或花木兰。她是科西嘉人——这是一个海岛,民风强悍,恩仇必报,江湖义气重于法律秩序。在这样的环境中,可仑巴的父亲被人暗杀了,她判断出谁是凶手,写信要哥哥回家复仇,"复仇是男子的事"。那时她的哥哥欧素,离家在军中服役。小说的开头,正是欧素登船被军队遣散还乡的时候,也就是流血报复的惨剧一触即发的时候。复仇本不是一件容易的事,以牙还牙的直接报复更是又野蛮又危险。不做复仇者,欧素无以对妹妹的督促,无以对父老亲友的议论;做复仇者,这个文质彬彬的青年,这个受了欧洲大陆文化熏陶的青年,对冤冤相报的私仇,深恶痛绝。他认为就法律观点看,嫌疑犯的证据不足,可是就当时科西嘉传统的观点看,依赖法律的人乃是懦夫。本书一开头,就使它的男主角陷入困境,欧素的处境,真是左右两难。

陷入冲突。那个"凶手"是不是真正的凶手?即使是的,我该不该自己动手去除掉他?这是欧素自己和自己内心的冲突。激烈的可仑巴要马上行动,温和的欧素则主张等一等,这是欧素和妹妹之间的冲突;扩大来说,也就是他和环境的冲突,他一出场,个个科西嘉人都期待他,暗示他,鼓励他,要他去做那件事。看起来,在环境的压迫之下,即使那个疑犯是冤枉的,欧素也得放了他的血才能做人。还乡途中,一个带着女儿旅行的英国上校跟欧素同船,他们谈得投机,英国小姐对欧素尤其有良好的印象。欧素还乡以后,这一对英国父女也来了,上校要在科西嘉打猎,而小姐要看看欧素的家庭,于是欧素和可仑巴,这兄妹俩不得不在血脉贲张心乱如麻的时候,掩藏肃杀之气,准备以和悦表情接待客人,这是欧素一家和远方来客之间的冲突。还有,那个仇人呢?那个凶手呢?那个嫌疑犯呢?他不是一直在家里睡觉的,他预料欧素一定会做某些事,他戒备着,窥伺着,准备先下手为强,即使欧素要放弃报复的念头,情势也让他欲罢不能。当然,这也是"冲突"。冲突!"没有冲突,就没有戏剧",对《可仑巴》而言,没有冲突,也没有这部小说。

且看故事是怎样一步一步进展的。1.男主角欧素搭船回家,在船上遇见一位英国小姐,也遇见他的科西嘉同乡。同乡们议论他父仇未报,环境的压力开始出现,它只在欧素的背后出现,当着欧素的面就隐没了,可是隐没并不就是消失。2.环境的压力马上发生另一个作用。那位英国小姐本来对欧素十分陌生,"环境"引起她对他注意,爱惜,崇拜,好奇。她想阻止这位科西嘉青年流血,她用的当然是"女人的方式",因此两人反而滋生了友谊,不过,这友谊似乎是以欧素放弃流血报复为前提的,欧素能不能呢?
3. 妹妹可仑巴来了。如果说,英国小姐代表欧洲大陆对欧素的影响,那么可仑巴代表科西嘉传统对欧素的支配力量,她是复仇意念的化身,她的步步设防,她对敌人的不停咒诅,她的宣传攻势,立刻把局面弄严重了。这一部分冲突里面也包含着许多起伏不已的波澜,欧素回家与妹妹相处的那段期间,他内心的欧洲大陆部分和科西嘉部分不停的交战。到了兄妹两个去参加邻人的葬礼时,那许多零零星星的接触合成一次会战。"凶手"巴利西尼律师父子也来死者家中吊唁,仇人相见,分外眼红,在可仑巴这面表现的,是情感的迸发,对方表现的,是阴鸷的退却。表面上,甲方逼走了乙方,骨子里,乙方更要加紧地提防甲方,巴利西尼律师遂将守势改为攻势。4. 可仑巴的行动属于阳刚,巴利西尼的行动属于阴柔。可仑巴进攻时呐喊咒诅,巴利西尼进攻时出之以和解。法律一向对巴利西尼有利,所以和解由县官出面。县官提出新证据,证明巴利西尼无辜,当时,欧素也相信了,他也准备在和平的空气中接待英国上校父女的访问了,县官和巴利西尼认为和解成功,可以登门与欧素握手了。然而可仑巴发现仍有疑窦,经过假设及求证,她拆穿对方的新证据是出于巴利西尼伪造。可仑巴的新指控,产生新的冲击力量,造成新的更激烈的冲突,在这场冲突里,县官由支持巴利西尼转为同情可仑巴。他命令双方给他三天工夫,让他能在主持一项工程的奠基之后,赶回来做公平的处理。这三天是大冲突前的缓冲,也使阴险的一方有时间有机会施展另一次阴谋。5. 英国小姐不知道这边又爆发了浓烈的火药味,依然前来访问,欧素前去劝阻她,在路上中了敌人的埋伏。遇伏这一幕,是这个故事的最高潮,所有主要的人物在此集中交手,所有主要的冲突在此合并爆发,这里是读者与兴味的最高点,也是故事全局、主角命运的决定关键。最高潮会合了八方风雨,这风雨是夏天的狂风暴雨,一阵痛快淋漓之后戛然而止。欧素遇伏之战,全部战况只是互发四枪,这回"以出奇的速度接连着发射,即使一个最熟练的兵士在放连珠炮时也从来没有做到如此成功"。这样,最后的胜负就决定了,欧素匆忙中的两枪把律师的两个儿子都打死了。

最高潮的后面是"结束"。在这样的小说里面,作者事先部署了许多冲突,最高潮未必能把它们完全解决,特在最高潮的后面,再把剩下的"线头"一一收拾清楚。《可仑巴》的最高潮是"最后的决战"。欧素在决战中得到压倒性的胜利,可是他反而更迫切地面临下面几个问题。第一是法律问题,这个问题发展出落草,审判,上校父女作证等情节,终于宣判无罪,法律责任问题完全解决。第二是他和英国小姐的爱情问题,这个问题发展出小姐的担忧,原谅,幽会,终成眷属,有了圆满的结果。第三是那个老律师,他的两个儿子都死了,他的反应怎样?这一头老狐狸,会不会还有什么新的伎俩?答案是:"最后的决战"失败之后,老律师的一贯的奸计败露了,再也没有反攻的斗志。他的结局是流落异乡,精神失常,生命枯萎而死。当他"虽生犹死"的时候,可仑巴偶然遇见了他,还对他做出不同情不原谅的表示,可仑巴和老律师的最后会见,在读者心中激起了悲悯的情感。本书安排人物情节,每一条线都以冲突始以和谐终,唯有老律师这一部分,余音惨厉,不忍卒读,这一点点残缺,使读者在掩卷之后有一番深思,倘若结局全部圆满,花好月圆,皆大欢喜,就不能令人有这么深长的回味。就结构方面说,很多戏剧在最高的浪头落下去以后,使它有余地形成一片回荡。老律师和可仑巴最后一面,也可以说就是这种回荡。

这就是所谓戏剧结构的大致骨架。它正如我们所指出的，几个小波浪聚成一个大波浪，波浪沉下去，推动了另一个浪头，许多浪头此起彼伏的时候，冲击力忽然汇聚在某一点上，掀起一个大浪，大浪扑下去，一泻千尺，冲到岩边，回波荡漾。冲突，缓和；再冲突，再缓和；最后最大的冲突，彻底的解决。在《可仑巴》里面我们发现，冲突的线尽管有好几条，它们却是相辅相成的，它们互相排斥又互相吸引，互相抵消又互相补充。报仇要英雄气，容不下儿女情，可是仇杀同时也促成了欧素的婚姻。最关心欧素安全的是英国小姐，可是欧素因她才陷入"最后决战"的危境。"欧洲大陆的影响"使欧素不赞成积怨寻仇，又使他得到一只好枪。巴利西尼律师善于利用官府掩护自己，不意因此在县官面前暴露了他的真面目。法律一面处处对正直的人不利，一面也保护了正直的人。每一条线索，都有向心力也有离心力，倘若只有向心力，它们将黏成一团不可开交了，倘若只有离心力，它们将四分五裂不相为谋。二者得兼，有收有放，才合成一个圆球，它是围绕着圆心团团转，而又有秩序的活动。

戏剧化的情节力求曲折精彩，步步埋伏，处处波澜，它要时时引起读者的期待之心，又要时时出乎读者的意料之外。这样的结构式,其接榫处难免要有"巧合"。古人说无巧不成书,实际上是无巧不成戏。这样的结构式,绝非"行云流水""意到笔随"所能办到,它是刻意经营制作而成的。这要求作者,有一颗巧妙的匠心,而巧妙之巧也就是巧合之巧。《可仑巴》里面最巧的一点,就是"最后的决战"时,欧素两枪恰恰把两个敌人打死,而敌人对他致命的一弹,恰恰被胸前的匕首挡住。梅里美的很多小说里面,都有这种"事有凑巧"的痕迹,他这样写,另有他的理论。他认为在人生里面,事件的巧合并不稀罕,在这世界上,很多事的因缘际会不能用"大多数""一般"等字眼来包括,通常所谓常情常理,只能解释一小部分人生,另外复杂奇妙的地方多着哩。"诡奇"本是梅里美的风格,构思上的奇巧,和他的戏剧化手法两者可说是同道相谋了。

罗逖：《冰岛渔夫》

《冰岛渔夫》是一部以海洋为背景的小说，里面的人物，都是住在法国西北沿海常常到冰岛海面捕鱼的渔夫。我们对海都有亲切的印象，也有伟大、神秘、庄严的感觉，可以说是《冰岛渔夫》最恰当的读者。我们也常被海景吸引，从心底升起一股欲望要写它，可是单凭对海的这一点模糊的好感，不能表现出海的精神。《冰岛渔夫》的作者罗逖[1]，他是航海世家的子弟，比一般人更喜欢海、更熟悉海，在海上，他能看见别人看不见、思索别人想不起的东西。在他眼里，大海不是一片风景，而是大自然的代表，人类

---

[1] 中国大陆译作罗狄、罗蒂或洛蒂。

命运的象征。他表现海洋的许多文字，在制造气氛方面非常成功。"气氛"跟小说的艺术效果有莫大的关系。小说家为什么要写小说？就艺术效果说，他要提供一个假设的、然而在情感上异常真实的世界，使读者的心灵得到许多深切的、新鲜的感受。写小说最基本的要求，就在要假设一种情况，预期读者一接触它，心理上就能发生如同亲身经历一般的反应。我们一踏进结婚礼堂，就有像喝了酒一般的滋味，一踏进医院，就有像挨了教训一般的滋味，滋味所以不同，正因为婚礼和病院的气氛不同。写小说的难题之一，在于如何把婚礼和病房移到纸上，而气氛依然存在，甚至更要加强。

小说里需要多方面的气氛。像《冰岛渔夫》，写北极夜航，有恐怖神秘的气氛；写女主角歌忒小姐的幼年，有温柔感伤的气氛；写男女主角初会的舞会，有缠绵的气氛；写世代死在冰岛的渔夫们的墓地，有黯然悲凉的气氛。最后男主角出海失踪，女主角在家陷于绝望，气氛非常凄厉。长篇小说只有一种气氛是不行的，不过，它又必定要有一种气氛占主要的地位，好像五彩影片有主色，乐曲有主调，山岭有主峰。这个主要的气氛笼罩着全书的情节，吸收、调和、化解其他气氛。哪一种气氛在《冰岛渔夫》里面最为主要？悲苦。

此处得介绍一下《冰岛渔夫》的故事。在法国西北部渔业地区，居民靠水吃水，成年男子唯一的事业是到远洋去捕鱼。他们在每年冬季将完的时候出发，他们的母亲、妻子、未婚妻、姊妹，在码头上举行盛大的祝福典礼。他们要在大洋中漂浮八个多月，在这八个月内，故乡是"没有儿子、没有丈夫、没有情人的世界"。秋雾来的时候，他们回家了，带着卖鱼得来的钱，仰事俯育，把男孩子养大做渔夫，把女孩子养大做渔夫的妻子。可是大海的性情很残酷，养育这些壮健男子的是它，吞噬这些壮健男子的也是它。夏季的风暴常常弄沉一艘船。谁也不知道出事的经过情形，只是那船上所有的人都不回来了，永远不回来了，那只船上所有渔人的妻子，都做了穷苦的寡妇。远洋作业很危险，渔人的死亡率很大，以致在那个地区，常看见年老的寡妇，极少有白发的男子。在渔人家庭的墓碑上，你可以看见祖父是捕鱼死于冰岛的，父亲也是捕鱼死于冰岛的，而他的儿子，这一代家庭生计的负担者，目前又正在冰岛洋面上捕鱼。这是《冰岛渔夫》故事发生的背景。作者把大环境写得很详细，利用大环境酿出作品中最主要的气氛来。在这个大环境里，人与自然有着悲剧性的矛盾：

人必须做渔夫。做渔夫的人，必须跟大海发生密切的关系，关系愈密切，所得的东西愈多；但是，不知道是哪一次，这种密切关系使渔夫要在海上丧失生命。"收获"都是付了极大的代价，而且要在最后一次完全再被夺去。天苍苍，海茫茫，悲苦的气氛由四面八方袭来，像空气一样填满了整个世界——罗逖用假相造成的小说中的世界。

制造气氛时，人物的行为也很重要。悲苦的环境里必定有悲苦的人，《冰岛渔夫》里面有个莫安奶奶便是代表。莫安奶奶有过丈夫，可是她的丈夫是渔人。她有过很多孩子，孩子长大了也都做渔人。这些渔人先后屈服于渔人的命运。莫安奶奶的长寿，反而是一种不幸，要一次又一次承受生离死别的折磨。她在本书里出现的时候，膝下仅剩有一个孙子。祖孙二人，相依为命，自不待说。后来这个孙儿也漂洋过海，死于异域，于是她与人世间最后的联系也被割断。当地行政机构把老太太请了去，告诉她这个不幸的消息。读者以为她会哭得死去活来，可是，她竟然没有哭。她只是像一个喝醉的人一般，在麻木昏沉中回了家。她的生命力已在悲苦中消耗净尽，对最后最大的沉重打击，反而不能反应。作者塑造这么一个女性，让人的尊严逐渐为悲苦的环境所剥蚀，为悲苦的命运所征服，使风云日月为之失色。

莫安奶奶是个陪衬人物，不是主角。《冰岛渔夫》的女主角是歌忒小姐，男主角是青年渔夫尧恩。书中的主要情节，就是尧恩和歌忒的恋爱。尧恩为人，素质优秀，出类拔萃。歌忒小姐的父亲虽然也做过渔人，可是他们发财以后在巴黎住过多年，跟昔日的同业完全不属于一类。在富足和文明的环境中受过陶冶的歌忒，成了尧恩的爱人。他一直很受命运优待。他年轻、骄傲、有热情，好像有权力决定自己的前途。他们相处的时候，有一点温柔，有一点缠绵，有一点生气。这一点温柔、缠绵、生气，在悲苦的气氛下时时涌现，好像要对那令人窒息的气氛给以小小的纠正与反抗。后者的反抗徒然证明了前者的力量。尧恩和歌忒克服阻碍，结成美眷，婚后才一个星期，又出海捕鱼。他能克服人事的阻碍，不能克服大自然的无情。他坐的是一艘新船，他的同伴都是最健壮的水手，可是他们永远没有回来。阴霾复合，只因为刚才曾经透进来一线微光，现在变得昏暗。相反所以相成，许多小说制造气氛就用这样的方法。

气氛原是不可捉摸的东西，你能感觉得出它的存在，但是你不易指出它的形状和结构来。本文前面，举出人物行为对大环境服从和反抗大环境而告失败，到底还是比较笼统的说法。下面我试一试能否说得更具体些。

"气氛"在什么地方存在呢？在字里行间吗？是的，但是换一个角度，也可以说气氛存在于读者的感觉上，读者对作品的感应上。批《聊斋》的人常说某一段"森森然有鬼气"，文学不能证明有鬼，却可以使读者觉得仿佛有鬼，读者读了某一段描写，感觉简直跟见鬼一样，这就是"气氛"之所在。写小说的人凭着他驾驭文字工具的能力，以一种语调、一种姿势、一种譬喻、一种暗示，使读者发生回应，蕴积一连串的回应造成幻觉。结婚礼堂里为什么"洋溢着喜乐"？那无非是由于1.脂粉的香气；2.贺客们整洁的衣饰与兴奋的表情；3.霓虹灯光和四壁喜帐所形成的满室红霞；4.用以盛馔的杯盘的响声；5.可供取笑的对象（新郎新娘）之出现；6.……这些东西刺激了我们，使我们发生一阵幸福的预感。写小说的人让同样的条件、同样的效果在纸上发生，就是制造气氛的本领。

《冰岛渔夫》里面出现的多半是下等动物、暴烈的及不可捉摸的自然现象，没有生命的东西、线条简单颜色黯淡的东西，在在足以引起读者虚无凄怆之感。下面是一些生动的例子：

1.那对于他们的身材实在太矮的住室，一端细小起来，

同挖空的**大海鸥的肚子**一样。（形容船舱）

2. 他进来了，因为异常高大的缘故，不能不像一只**大熊似的**弯做**两段**。（描写尧恩）

3. 西方水平线上凝集着的，看来像是岛屿一样大的云壁，现在从上部崩裂起来，而那些碎块便在天空飞奔着。这云壁像是无尽藏似的，风将它**扯开**，**拉长**，**扩大**，**从那里面取出无数黑暗**的帐幕，并将那些帐幕展开在本来是黄的、爽朗的，现在变成了**寒冷而且深沉的铅色**天空上面。

4. 从那位置在**断崖**上面的**墓场**，他可以遥遥望见他父亲以前遭难沉没了的**灰色的**波涛。

5. 他们（指渔夫）的**眼睛**已经像**海洋上大鸟**的眼睛，把这景象看惯了。

6. 反映在死寂的水面，正像反映在**寺院的大理石的前庭**一样。

7. 他（指尧恩）是一个可爱的舞伴，直挺得像**森林中的一株橡树**。

8. 她（女主角）着手解散那盘在耳上的**蜗牛形的发髻**，于是两条辫子像两条**沉重的蛇**一样落在地上。

9. 他们……梦想着一些不连贯的或是奇妙的事物，而这些梦想的纬也和**雾一般松散**。

10. 他们（指男女主角）还是留在那里……这已有**百年以上的生命的长凳**，曾经看过许多别的恋爱，对于他俩的恋爱也就并不感到惊异。它曾经听到过许多始终一样的、一代一代由青年们嘴里说出的温柔的言语。并且它还看惯了那些情人们随后变成摇摇晃晃的老头儿和战战兢兢的老太婆，回来住在这同一的地方，——不过这时是在白天，为着来呼吸一点空气并在他们无多的阳光底下晒热身子。

罗逖先生是借这些具体形象造成悲苦的气氛。反过来想，假若要使作品有欢乐的气氛，所采的语调、姿势、譬喻、暗示就不相同了，且容我选几个例子改写一下：

1. 船舱很矮小，使那些一直被成人当作孩子看待的青年们，突然觉得自己身材很高，已经长大了。

2. 他们进来了，因为船舱狭小的缘故，纷纷互相以自己的手臂搂着另一个的身体，像一团黏在一起的糖球。

3. 东方水平线上凝集着的，看来像是棉絮一样的云，受到从背后来的旭日光辉的照射，立刻透明起来。而那些东一片西一片的云，纷纷化身成为长着彩色羽毛的鸟，显出飞跃的姿势。最后，太阳像走出帷幕一般探头而出，用无数刚健有力的光芒，使那本来是鱼肚白色、寂寞的天空，变成鲜蓝。

4. 从林木掩映之间，可以望见大海所穿的衣服，颜色跟天空一样可人，并且流动着美妙的皱褶和线纹。

5. 他们的眼睛像摄影机一样，专拣美好的事物观看。

6. 反映在清澈的水面，正像反映在时装公司的穿衣镜里一样。

7. 那个温柔的舞伴有着坚强的臂膀，使她仗着有安全的依靠，尽情享受快乐的眩晕。

8. 他们因为旋转得太快，笑得太厉害，不知道头发弄成乱丝，任凭它被笑出来的眼泪黏住，贴在脸上。

海明威：《老人与海》

"这本小说所描写的是什么？"

"他为什么要写这个故事？"

这是小说的读者们时常交谈的话题，两个问题的答法不一样，可是它们都是针对作品的"主题"。

这本小说所描写的是什么？答：它描写失恋的痛苦；他为什么要写失恋的痛苦？答：旨在说明爱情的力量大于一切。那一本小说所描写的是什么？答：一个弱者的恐惧；为什么要写这个懦弱的人？答：它指出只有勇敢的人才能够遵守道德。……这样的问答，表示对一本小说的主题可以从两个角度作不同的说明，"失恋的痛苦"，"弱者的恐惧"，近乎说作品的题材，是说作品怎样打动读者的情感；"爱情的力量大于一切"，"勇者才有道德"，近乎说作品的寓意，近乎说作品怎样启发读者的理智。前一种答案是说作品的"然"，后一种答案是说作品的"所以然"。为什么可以作这样的区分呢？因为小说家在作品里已经说出来的东西，往往不是他最后要说的。他用十万字写成一部小说，但他真正要说的话往往在十万字以外，那些话是什么？他可能永远不说。为什么？因为那十万字以外的话不待明说，早已隐藏在已写出的部分之中，读者大半会看得出来。这样的小说必定有一个主题出现在作品之中，可以归纳而得，如"失恋的痛苦"云云；又必定有一个主题躲在作品之后，可以抽绎而得，如"爱情的力量大于一切"云云。批评家称前者为"情感的主题"，称后者为"理智的主题"。两者共存，而且彼此完全吻合。

一个人在提起笔来写小说的时候，胸中应该已经有了主题，换句话说，他已经决定"写点什么"。这主题大半是情感的，作者先为他的题材所感动。这主题也可能是理智的，他自己的思想信仰在孕育一个以故事为形骸的婴儿。从这里产生了未来作品中的基础与核心，当然也是焦点，作品"从这里"建立，也"为这个"建立，每一句，每一字，每一人，每一物，都该围绕着它存在而且为它存在。一般对作品的重要讨论都跟"主题"有关系，如果有人说"看不懂"，那是说他不能把主题找出来。说一本小说成功不成功，那是指作者是否已经把主题圆满地表现出来。说表现手法经济，是指表现主题花了最少的字数；作品价值的大小，一多半关系着主题是否庄严深刻。

那么，《老人与海》描写了什么？海明威为什么写这个故事？"主题"这个在作品完成前就存在的东西，我们得读完作品后才可发现。

海明威告诉我们，墨西哥湾有一个老渔夫，一连八十四天没有捕到鱼。渔夫捕不到鱼，生活当然发生困难；更严重的是，渔夫捕不到鱼，丧失了职业上的荣誉，甚至丧失了做人的尊严。第八十五天，这个"瘦而憔悴，颈后有很深的皱纹，而颊上生着棕色的肿起的一个块块，手掌有很深的创痕"的老渔夫再度出海，向远海深水里放下钓丝，忽然钓到一只大鱼。在大鱼上钩以前，海明威用了很多笔墨，描写海天景色，描写水族的活动，描写钓鱼的经验技巧，使人觉得冗长沉闷；到了大鱼上钩的时候，那乌贼鱼，那飞鱼，那太阳的反光，海鸟，水母带虹彩的气泡，残酷与美丽的大海，永恒存在而又变幻不息的云天，刹那间都有了意义。那些描写文字，显出大自然的诡谲神秘，而一个陌生的"人"，来此孤身奋战。

大鱼上钩以后，有一段很长的文字描写人鱼相持不下，鱼拖着船走，老渔夫则辛苦支撑，等大鱼疲劳，到了那时，就可以将它拉近船边，用鱼叉将它杀死。他在海上漂流了三天之久，起初，他只知道上钩的鱼很大，但是不知道它究竟多大。他不断猜测它的"战略"，并且很希望看见它是什么样子。之后，老渔夫断定他的对手"不是容易制服的，它是奇妙的，古怪的，谁知道它的年纪有多么大"，对这只上钩的大鱼有些怜悯。他也立刻想起，渔人对付鱼都很残酷，既然是斗争，有些手段不得不残酷。"鱼，我爱你而且尊敬你，但是我要杀死你！"后来，老人疲倦饥饿，甚至昏厥，痛苦不堪，这时有许多迹象证明大鱼的痛苦也逐渐增加，人鱼双方都拼命挣扎，而老人决意要给"他"看看人有多大能力，能忍受多少痛苦。人鱼对抗期间，海明威写尽了捕鱼的艰苦困难，老人的坚忍勇毅。老人到底把大鱼杀死，他得到胜利。

那条鱼实在太大，鱼身比船还长，只能缚在舷边，不能放在船上。归航中，来了鲨鱼，老人抵抗鲨鱼的进攻，无奈体力不够，武器也不够。到了夜晚，人的"胜利果实"

被成群的鲨鱼撕食，没有什么办法可以防止。那条鱼被撕裂的时候，老渔人觉得就像自己被撕裂一样。他一面想："事情本来太好了，决不能持久的，我现在宁愿它是一梦，我并没有钓到这条大鱼"；一面又想："人不是为失败而生的，一个男子汉可以被消灭，但是不能被打败。"一路上似清醒又似昏迷，等到回到岩边，大鱼只剩下嶙嶙白骨。谁看见了这根巨大的鱼骨，都要惊喜赞叹，老渔夫虽然没能拿到一斤鱼肉去换钱，却挽回了已失的光荣。

像这样一篇小说，它所描写的是什么？这容易回答：一个老渔夫，费了八十五天工夫捕到一条大鱼，可是归航中，鱼肉被成群的鲨鱼吃光了。简言之，它写"获得"之不易。

他为什么要写这个故事？这可就难答了。据说海明威要赞美"人类为保持尊严，勇敢地和敌对势力奋斗"。可是，很多人不同意这说法，很多人读了《老人与海》另有见地。有人指责海明威的哲学太悲观，既然老渔翁费了那么大的气力，冒了那么大的危险，并且是在那么多次失败以后，好容易钓到一条大鱼。为什么注定他拖一根鱼骨头回来？为什么不让那条鱼小一点，可以把鱼放在船上，免得鲨鱼袭击？为什么不让别的船发现他帮助他？为什么要写成"胜利者一无所获"？这种人生观多么灰色，岂不等于告诉人家不必努力！也有人说，海明威在借《老人与海》提示历史上的一条定律，历史上那些不凡的成就流尽了仁人志士的血汗，也喂饱了小人的肚子。有人创造，同时有人腐蚀，有释迦才有酒肉和尚，有孔孟才有腐儒和假道学，郑板桥曾老实不客气地说和尚是释迦的罪人，秀才是孔子的罪人，《老人与海》未尝没有这种含义。还有人忖度，海明威用《老人与海》挖苦文艺批评家。在《老人与海》出世前，海明威的一部《渡河入林》曾被批评家评得体无完肤。《老人与海》里面，代表批评家的就是那群鲨鱼——老人代表作家，捕获物代表作品。作家创作的过程何等艰辛，批评家却如此"多嘴"！

《老人与海》风行，并非因为它有些好句子（格言隽语永远是最受欢迎的），乃是因为海明威把它处理成高级象征，有人说它是科技与自然的斗争，有人说它是英雄和命运的斗争。那一具庞大的鱼骨使我极受震撼，老渔夫虽然打败了那条大鱼，却只能把鱼骨拖回来，大众看见鱼骨，庆祝他的胜利，但胜利已不具备现实意义。自古不朽功业，无非如此，看那万里长城，秦皇留下的特大鱼骨而已！一部二十四史不啻一座鱼骨博物馆，连《老人与海》这部小说算上，它的光芒已逐渐减弱，恐怕也渐渐变成了鱼骨，"古典"也许跟"鱼骨"同义异词。

为什么会有这些差异呢?这涉及关于"主题"更深一层的讨论。请先看一个小故事。

二次大战的战场上,一个德国兵受了重伤,仆倒在血泊里。国际红十字会的服务人员发现了他,立刻跑过来救助。这个德国伤兵手里还有枪,枪里还有子弹。他发觉前来摆布他的,是敌国人,虽然那人不曾武装,到底是个敌人,虽然他来为自己裹伤,到底是个敌人,于是他开了一枪,把"敌人"打死。这件事,经通讯社发布消息,登在许多国家的报纸上,那个德国伤兵在不同的国度里得到不同的评价。

我们人类,因为性情不同,生活环境不同,文化背景不同,对一件事会有各自不同的看法,一件事所代表的意义愈深刻,大家的看法愈可能发生差别。别人对那个德国兵的行为,可以往浅处看,也可以往深处看。假定那个德国兵的材料到了三个作家手中,其中一位甲先生,认为那德国兵是愚蠢的,另一位小说作家乙先生认为是壮烈的。还有一个丙先生,没有表示主观意见。乙先生把那个德国青年写成健康,英俊,打中他的那颗子弹上面有罪恶,他被祖国养育长大,耻于从敌人手里接受生命。于是,他发出一枪，那一枪，不是向护士行凶，而是玉碎的响声。甲先生的一篇小说却不同：那德国孩子在运动场上的时间比在图书馆里的时间多，头脑简单，四肢发达。他是一架肉做的机器，他们都学希特勒敬礼的姿势，学希特勒麻木倔强的表情，轻视他人的性命，也轻视自己的生命。他杀了唯一能救他的人，他自己也说不出理由。丙先生呢，他认为德国伤兵的动机是争取尊严和光荣。那德国兵将尊严和光荣放置在一切之上，在生命之上，在国际红十字会的理想之上。人的自尊心竟能提到这样的高度！这三篇小说，作者都把自己的意见放进去，作者的意见决定了叙述的口吻，形容词的用法，作品的意境。甲、乙两先生写的，主题明确，读者可以反对他，但不至于误解他。丙先生写成的东西就不然了，读者可以任取其中一部分，说他赞成那德国兵也可以，说他反对也可以。

写《老人与海》的海明威是丙先生。他的立脚点站得更高一些，他的作品更立体些。读者可以从好几个角度看它，也可以从好几个"点"做中心去组织它。你不可能从里面摘出几句话来，说这就是海明威的结论。它的"情感主题"有高度的象征与暗示，以致背后的"理智主题"，可以横看成岭，侧看成峰。面对这样的作品，读者凭自己的欣赏能力和性情,各逞各的想象,各有各的心得。"佛以一音演说法,众生随缘各得解","贤者识其大者,不贤者识其小者。"这样的小说,难写难工,有时也难懂。

莫泊桑:《两兄弟》

笔尔和哲安[1]是两兄弟。他们在仅可温饱的家庭里长大,许多欲望都因为没有钱被封锁起来。哲安学法,没有开业的资本。笔尔学医,还得伸手向母亲要零钱花。就在这时,弟弟哲安突然发了一大注外财,他们的父母亲当年在巴黎结交的一个朋友玛赖沙死了,遗嘱指定哲安做那一大笔遗产的继承人。哲安立刻比他哥哥阔绰,比他家中任何人或任何邻居阔绰。这件事会发生什么样的后果呢?

这可以有好几种不同的设想。有人或者认为遗嘱里面要包含着某种古怪的条款,以致继承这笔财产的人去周游

---

[1] 中国大陆一般译为"皮埃尔和让"。

各国，冒了不少的险，与各地的女子谈着恋爱。有人或要主张，哲安立刻把二分之一的财产分给笔尔，使他的哥哥像他一样有钱去完成各自的事业，他俩后来一个做了最有名的律师，另一个做了高明的医生，拿赚来的钱到处设立"玛赖沙纪念医院"和"玛赖沙奖学金"。但是莫泊桑笔下的人生较为沉重，莫泊桑的写法是：哲安兴高采烈地计划享用他的财产，他的哥哥笔尔则在一旁妒忌得要命，并设法从心理上打击弟弟的幸福，要把哲安物质上的胜利转变为道德上的失败。他大胆的假设：哲安根本就是玛赖沙的儿子，玛赖沙跟他的母亲有暧昧关系！经过一番小心求证，连他自己也吃惊不小，他的猜想竟然是真的，是事实！

莫泊桑的这篇小说，因两个原因受人特别注意：第一，这是短篇小说之王所写的长篇，第二，自然主义的小说家一向不重视（也可说是不赞成）描写人物的心理，但是"笔尔和哲安一书，却让我们看出莫泊桑想要改变他的创作方法的企图，他要从人生世相的描写，转到人类心灵的描写，他使他的作品从社会研究的体裁，变成心理研究的体裁"。（译者黎烈文先生语）人物是小说的要素，人物"想"什么比"做"什么更优先，更细微也更复杂，心理描写在小说中遂不可少。随着心理学的发达，小说描写人物内心所费的笔墨也越来越多，现代有些小说，心理描写几乎不是小说的一部分而是小说的全部了。

心理描写的第一种写法是直描内心，作者直截了当地说出来某人此时有什么念头、有什么感觉。例如笔尔知道他弟弟无故得到一大笔遗产之后，出门向巴黎路走去——

"他觉得自己不大舒服，步履沉重，好像得到了什么不好的消息一样，心里感觉不满。他脑里并没有明确的念头使他烦苦，他自己开头也说不出这种身心两方面的不快究竟从何而来。他觉得有个地方有了毛病，但又不知道究竟在什么地方，他身上有着一个小小的痛处，一个差不多觉察不出来的伤痕，人们难以找出这处伤痕的所在，可是这伤痕却使人窘促，疲倦，悲痛，恼怒，这是一种不认识的痛苦，一种悲哀种子似的东西。"

这是心理描写最常见的方法，当然这种方法并不容易。小说家为着这种描写，他得将人比己，设身处地，体贴入微。他得有丰富的同情心，想象得到一个老太婆，一个少女，一个父亲，甚至一个下流的小偷，一个酗酒乱性的恶汉，他们的兴奋或失望，满足及痛苦。他得把自己的心分裂成许多块，一块给陈宫，一块给曹操，一块给吕伯奢，给吕伯奢的太太，每一个人的立场，也是他的立场，每一组神经都通连他的神经。用莫泊桑自己的话来说，这办法就是不断向自己发问，"假使我是国王、杀人犯、强盗、娼妓、尼姑、少女或菜场的小贩，我会做什么？我会想什么？我将怎样行动？"

描写心理的第二种方法，完全相反。这种办法，不肯直接揭露人物内心的秘密，只写他的神情举止，他既"诚于中形于外"，旁人当然也观其外而知其内。莫泊桑自己解说这种写法是"不晓晓解释一个人物的精神状态，而寻求这种心灵状态在一定的情况底下，必需使这人完成的行为或姿势"。在小说家笔下，只把行为或姿势写出来，心理却隐藏着，"正像给我们写照的画师，不会把我们的骨骼描写出来"一样。李清照"寻寻觅觅"的时候，我们还不知道她寂寞得厉害吗？辛弃疾"把吴钩看了，栏杆拍遍"，我们还不明了他郁闷难遣吗？"宁将十指夸针巧，不把双眉斗画长"，这位女士的性格不是很明显了吗？当包法利夫人把撕成碎片的信笺丢到马车外面来时，还用得着说明她在马车内所下的决定吗？有观念才有行动，正像有火才有烟。

小说中有一场笔尔和哲安的对话，词锋甚锐，句句有弦外之音。这场对话之所以引起，是由于公证人约定前来拜访，公证人无事不登三宝殿，两兄弟的母亲遂反复推测他的来意。座中还有一位美丽的年轻寡妇，两兄弟曾不断地争着向她讨好。在这个复杂的情况下，笔尔表面上是劝母亲不要想得太辛苦了，于是说："妈妈，你不要太热心了，现在已不会再有美国叔父那样的事了，据我想来，十分之九是给哲安说亲的。"哲安反问："为什么会是给我说亲而不是给你呢？你是长子，照理别人会先想到你，并且，我不愿意结婚。"笔尔问："这么说，你已是谁的恋人了吗？"另一个回答："难道一定要做了谁的恋人，才好说他还不愿意结婚吗？"做哥哥的立即说："对了，这个'还'字改正了一切，你等待着。"这段对话，像一幕戏剧一样充满了冲突，此外不着一字，两人的用心都昭然若揭了。

把内心的念头变成外面的行为或姿势，在心理学上叫作"剧化"。编剧的基本训练之一，就是设法把人的内心的念头，变成外面可见的行为，让冷眼旁观的第三者洞若观火。莎士比亚的台词里曾说："演戏的人不能保守秘密，他会把一切都告诉你。"不过近代戏剧废除报幕，禁止旁白，剧中人极难有机会自己声明"过了一天又一天，心中好似滚油煎"，也不能派一个人跳上台去解释："他正在左右为难，委决不下。"编剧家全靠在人物动作范围以内，使用"眼波才动被人猜"的技巧。我们在看戏的时候留意观摩，不难发现很多。

描写人物心理，可以把人物当作水晶体直接透视，也可以"隔皮猜瓜"。这两种方法都已很"老式"，都已被许多大作家娴熟地运用过，范本很多，学习不难。最值得我们玩味的是，许多大作家处理笔下的人物，极少是纯善或纯恶的，我们弄清楚了这些人物的心理以后，觉得人性在洁白之下有污秽，污秽之下又有洁白，觉得理未易明，善未易察，是非未易判别。心理描写如果把人物的动机写成纯洁无疵，处处皆与圣贤之道吻合，或者把人物的动机写成彻头彻尾的罪恶，两者都欠真实，都不易感动读者。你与其写一个终身慕父母的大孝，不如写一个浪子，与其写顽劣不知悛改的浪子，不如写回头金不换的浪子，与其写回头金不换的浪子，又不如写他战胜自己不易，改过太难，灵性屡闪屡灭，最后回头时业已太迟。

巴登夫人：《春风化雨》

《春风化雨》是美国女作家巴登夫人的作品，书中描写一个女教员的一生。

女教员杜芙小姐，在自由山（美国小城名）教了一辈子小学。自由山这地方的人，不分贵贱贫富，都是不折不扣的邻居："因为他们的境界乃是同一的景色，同一的声音，同一的历史传说，同一的早年磨炼所培养成的。他们在同一向阳的场地上游玩，玩得热了，随后又在同一的荫处歇凉。"安土重迁，世代为邻，人与人之间容易蕴积出诚恳朴实的感情来，就像严密的地窖内能取出陈年佳酿来。杜芙小姐既然在这里教了一辈子书，那么这座小城里所有的中年人，差不多全是她的学生，这些学生长大了，成家立业，做了自由山社会的中坚分子，又把自己的孩子送来接受杜芙小姐的教导。渐渐的，到了晚年，杜芙小姐成了全城公共信仰的中心，大众精神上的领袖。巴登夫人以创造的手腕，把这位积平凡与伟大的师表写出来，得到文学上的成功。

对杜芙小姐的一生，《春风化雨》不会采取那种"由根到叶"的写法，它不是由童年、中年、再到老年，按照一生的时间的先后，把事件排列起来。小说一开始，杜芙小姐已经老了，正在学堂里教授地理。她的育才精神老而弥坚，还略略带着几分老处女的倔强固执。这时她突然生了病，而且是相当严重的病，需要动大手术。自由山的人在一九一六年对欧战发生的消息没怎么注意，现在杜芙小姐的病却全城震动。这位女教师多年来埋伏下的道德影响马上显出来，巴登夫人由"现在"写起，写到适当的地方，倒叙一段"过去"。现在是一条线，过去是另一条线，两条线同时延伸，屡屡互相打断又互相衔接。等到杜芙小姐把病医好，她的一生事迹也零零碎碎的补足了。倒叙时多半偏重当事人的回忆，触景生情，前事不忘，现在中有过去，过去中有将来，章法颇似"意识流"的小说，所谓"零零碎碎的补足"，实出于周密的计划，并且是最经济的手法。

小说有一个故事，它想借故事创造人物。一般的故事（如寓言、传奇、民间传说）未必有创造人物的企图，而小说家，或者说我们所标榜所推重的小说家，他的工作是"像上帝一样创造人"。他的作品，简直就是一个人或数个人的传记。但真正的传记需依据史料，小说中的人物却出于"创造"。小说中的故事乃是以"创造人物为目的"的故事。故事或正或奇，或淡或浓，或狂热激动，或冷酷阴沉，有什么样的人物，才有什么样的故事。有许多成功的小说令找故事的读者失望，他想找危险曲折的故事，结果只看见平凡真实的人物，遂认为书中情节平淡，描写烦琐，"没有什么东西可以惊醒一条沉睡的狗"。但是，如果读者要向小说中找的正是平凡真实的人物，则这些书未尝不一变成为令我们叹赏的杰作。为创造人物着想，那过甚的机巧，过于丰富的戏剧性，过于令人惊奇的意外，有时得加以避免。人物得到读者的兴味，不靠平生遭际的突兀变化，乃靠他们性格方面的强度和深度。这样的小说虽然"没有什么东西可以惊醒一条沉睡的狗"，却有很多东西足以深深感动一切有肺腑的人。

以创造人物为目的时，故事情节是人物们所做的事，什么样的人必定做出什么样的事，由什么样的事，又可以知道他是个什么样的人。脾气暴烈的人容易动武,写动武即所以写其人脾气的暴烈。贪婪的人见了金钱就想染指,而且这样的人总能知道什么地方有可分之肥,因此贪婪的性格后面,可以紧跟着分配不均的纠纷和检察官的追诉。自尊心强的男子遇上骄纵的女子,他们的恋爱必定不和谐也不甜蜜。故事情节以人物性格写本源,小说家"因人设事",《论语》记载孔子"尝终日不食,终夜不寝,以思",好设难题的人问道:"孔子究竟在想些什么?"有人说,这类事是历史上的重大秘密,不可能有答案。对于学写小说的人来说,这难题正指出性格与行为的密切关系,孔子究竟在想什么,由这位圣者的性格(及学养抱负)来决定。这样找出来的答案,能有一种文学上的真实。

《春风化雨》从头到尾写一个女教师,很明显,这本小说的目的在创造人物。创造人物的方法,第一步即在确定人物的性格。杜芙小姐的性格是什么样的?我们得读完了全书,才能够明白。读者认识人物性格和作者表现人物性格,在程序上相反:作者创造人物,先决定人物的个性,然后,人物做出许多跟个性相符的举动;读者认识人物,需一件一件的知道这个人物的意念行为,然后发现那隐藏在零星事件背后的总枢纽。前者是演绎的,后者是归纳的。

关于杜芙小姐,他一生中重要的想法与做法是:

1. 她的父亲在银行总经理任内突然死去,继任者发现他生前曾亏空款项。十九岁的杜芙小姐毅然决定放弃结婚,教书赚钱还债。

2. 她教的是地理,她对耕牛有点偏爱,因为那是有益的动物。她也称赞猫类的爱洁净。"骆驼呢,不论就外表或性格来说,它都不算是漂亮的走兽,不过它能走多少天不喝水。"她不赞成火山,对山脉的雄伟,土地的肥沃则表示敬意。

3. 她穿深颜色的衣服,对头发款式的变化一概置之不理,她从未缺过课,走起路来步伐有一定的尺寸,颈背僵直,面部木然无表情。她上下班都有一定的时刻,附近的居民可以凭她的作息来对表。她认为人间事有对的,有错的,却没有滑稽可笑的。

4. 她坚决要学生在纸上方方正正地留边缘,要坐得平直。每逢圣诞节,她送给二年级的学生一盒爽身粉,送给三年级的学生赛璐珞别针,历年不变。她常常指定一段课文教学生默读,虽然不出声,却也不准读得太多或太少,而且读得超过范围比遗漏更不可恕。她认为独立思考有危险性,总是把自己的观点分配给学生,以尽做教师的天职。

了解杜芙小姐的为人，凭这些事实。她是个倔强的女子，她的道德观很强烈。她喜欢立规矩，守规矩，主张标准化，欠缺幽默感。她非常负责任，有念兹在兹锲而不舍的精神。总括一句，我们可以用"执着"二字形容她的性格。执着的对面是圆通，我们中国人是贵圆通而轻执着的，但是在科学家宗教家或教育家身上，执着才使他们有超人的毅力。以现代的教育理论衡量，杜芙小姐的教学方法给人以过时之感。但是本书无意借杜芙小姐来对教育问题表达主张，巴登夫人只是要写这么一个女性：本来处境很可怜，但她以毕生的正直行为把可怜化为可敬，如此而已。我们读它，从它所发扬的人性上领会它的艺术效果就行了。

照一般的主张，作者对小说人物的性格，不宜直接说明。他得借许多具体的事实，曲意烘托。曹雪芹不能把薛宝钗引到舞台口对我们声明"这是一位端庄和善而又颇工心计的大家闺秀"（即使这样说了，也不算数），要写出薛宝钗的为人，他得"拿证据来"。薛宝钗的写法如此，杜芙小姐的写法也如此。不过，仅仅罗织主角单方面的资料还是不够，作家在描写人物时，势必得连同那人物所处的环境一并写来。环境向他（角色）挑战，他在性格的支配下回应。他的回应又透入环境里面，刺激了影响了其他事物，环境事物受到摇动,再反射过来刺激主角。这情形就像台球,持杆的人采取精巧的角度撞动第一枚球,它撞了第二枚,第二枚又撞到第三枚,结果,三球之间换了新的关系和位置,等着持杆的人换个角度再撞击。生活是一套循环不已的刺激反应,小说情节也是在这样连锁着、滚动着、息息相关着的事态里,使人物性格凸出、带着血肉。

环境向杜芙小姐的第一回挑战是丧父亏款,她的回应是立即牺牲婚姻改就教员。过了几十年,年纪渐老的她突然生病,这一病对自由山是大刺激。自由山的反应是如何呢?描写这阵反应,是《春风化雨》的主要内容。杜芙小姐之所以为杜芙小姐,也从这里面得到一尊完整的塑像。

试看她病时:

1. 沿街的人惊慌走告。

2. 医院闻讯,大开正门,院长站在门外迎接。

3. 校长代她上课,一切依照她定的规则程序(像托斯卡尼尼死后,空中交响乐团"自动"演奏一样)。

4. 扶轮社为她集会,会员一听到杜芙小姐的名字,不自觉地恢复了从前在地理课堂上所坐的姿势。

5. 狱中的一个犯人听说老师生病,设法逃出来看望她,不惜因此延长刑期。

6. 一个酒徒因此戒酒。

7. 开刀前，小学生来要求输血。

8. 开刀时，市民聚集在医院门外等候消息。

9. 开刀后，她从麻醉剂中醒来，教堂为她鸣钟。

杜芙小姐的言行是如彼，社会环境的回应是如此。这二者相生，勾连盘结，仿佛是运行自如的有机体，不能强加分解。我们这样整理排列，也是万不得已。

奥斯汀：《傲慢与偏见》

小说是一个加上了若干条件的故事，故事是一件具体事实。就大处着眼，它是如此，就小处着手，也力求其如此。假定这里有一位作家，已在心中想好了这么一个故事：张先生到航空公司买票，看见一个美丽的服务小姐，为之倾倒不已，决心要与她结婚。于是多方面打听她的社会关系。他先花一个月的工夫，讨好他的同事刘先生，借刘先生做桥梁，认识赵老太太，两个月后，他有机会在赵老太太的客厅里，会见那位美丽小姐的爸爸。他小心翼翼地在两人之间堆砌一点友谊，三个月后得以进入他的家庭，他敲开那两扇大门，发现那里面正忙着给女儿——就是那个意中人——订婚。这是一件事实,可见这件事实只有一个大致的轮廓,它的每一部分都还嫌抽象。美丽,倾倒,讨好,小心翼翼地堆砌友谊,忙着筹备订婚,这些文句到底空泛。她多么美丽?需要具体事实,他如何倾倒?需要具体事实。为了讨好别人,为了小心翼翼地堆砌友谊,他做了些什么?说了些什么?牺牲了些什么?收到什么样的效果?也一一需要具体事实。每一部分都充分具体化,才是具体描写的含义。

这使我们明了何以很多小说都是一连串琐事的组合,何以小说作家对芸芸众生的日常行为密切注意。不经过充分的具体化,故事就成了电影说明书。这又说明了写小说何以要丰富的人生经验。

人生经验人人有,通常,一般人只注重每一件事的结果。"人无远虑必有近忧"是一项结果,"懒惰是贫穷的邻居"是另一项结果,作家不甚重视结果,重视那件事的过程。一个懒惰的人变穷了,他究竟怎样懒惰?他在办公室里懒到什么程度?在寝室里又懒到什么程度?他怎样一次又一次失掉他的职业?怎样一次又一次失掉朋友的同情心?对这些过程,写小说的人充满了兴味。他有特别的能力,记得这些过程,并且只记得那可以写入小说的部分。有人生经验做基础,加上作家的创造想象,就有了大量的砖石来建造楼台。

《傲慢与偏见》这本小说够具体化。故事是几个女孩的终身大事,父母为她们多么操心,对这件事毫无经验的她们又多么努力。故事意境颇像中国人所说的"儿娶女嫁以了向平之愿"。这个故事对理智建设没有野心,它像《水浒传》的作者自谦时所说的:朋友常来谈天,他们那些动人的谈吐,使我不能不记下来。它像《红楼梦》的作者自谦时所说的:所以要写,只因为平生见过几个难忘的女子。它根本就由具体的事项出发,不必搞由抽象层次的梯子上爬下来的把戏。这本书前面附了一张人物表,把书中的三十个人物一一罗列,每人名下有几行简单的介绍,介绍用的文字甚为抽象。这又给我们一种方便,可以拿前面的文字,和书里面的具体情节互相比较。前面说贝纳先生"生性幽默,有哲学家风度"。书中选了一些什么样的小事件,来使贝纳先生的性情具体化呢?贝纳太太是"终日饶舌",作者又选了一些什么样的小事件,来使贝纳太太的行为具体化呢?

除了贝纳先生以外,我们再从人物表上选几条抄在这里:

1. 莉地亚，贝家最小的妹妹，性格有如一般所谓女阿飞之类，任性，胡言乱道，一点也不忍让，不过很直爽，尚不失为一个"可爱"的人物。

2. 高森先生，贝纳小姐们的表兄，本书中的一名丑角。

3. 达西先生，"傲慢"的代表者，性格却恰如我国古人理想中的君子。

4. 伊丽莎白，较有理智而喜欢自用。

贝纳先生有四个女儿，没有儿子，如果他死了，他的遗产将由外甥高霖继承。于是贝纳太太，很希望高霖能成为自己的女婿，以免这笔家业落到外人手里。她不断地在丈夫面前申说这一愿望，希望二女儿伊丽莎白随时准备答应高霖的求婚。无奈高霖是个俗不可耐的人，伊丽莎白断然拒绝了他。做母亲的大悲，上楼去要求做父亲的命令女儿下嫁。这时候，贝纳先生得做一件事，幽默地结束此一争执。他在倾听了妻子的唠叨以后说："那么你叫女儿来，让我把我的意见告诉她。"贝纳太太按铃，派人把伊丽莎白唤进房。她的父亲对她说："孩子，我为了一件极重要的事，特地叫你来谈谈。听说高霖先生向你求婚，是真的吗？"伊丽莎白答称是的。"很好，你将这求婚拒绝了？"伊丽莎白答称是的。"很好，现在我们谈到问题的中心了。

你的母亲坚持你应该嫁给他。贝纳太太，是这样的吗？"贝纳太太说："是的，否则我永远不要再见她了。"于是贝纳先生说："伊丽莎白，现在你面对着一个很困恼的抉择，从此以后，你与双亲之一要成为陌路。如果你不嫁给高霖先生，你母亲就永远不要再见你，但如果你嫁了他呢，就轮到我永远不要见你了。"——这是一个小事件，一个经过小说作者精选的事件，一个表现了贝纳先生幽默感的事件。

莉地亚年纪还小，本来不必急于结婚，可是她过早的爱上民团里面的一个军官，跟他私奔了。这军官是个漂亮而无行的男人，莉地亚委身于他，大家都很着急，她的父母急于把这次私奔变成合法的婚姻，以免在乡里蒙羞，可是那个军官，趁机会要敲一笔。贝纳家拿不出钱来，多亏达西先生秘密帮助。情势如此，令人难堪，可是还有更令人难堪的。一切办妥，莉地亚回家了。有几件小事使别人明白她对自己婚姻的看法。咳，她回到家乡，把马车的窗帷拉开，一路向熟人微笑。吃饭的时候，她跟那个温柔安静的大姐争位子，理由是："现在该让我坐你的位子，你退后一个好了，因为我是已婚的妇人！"——凭两个小小的事件，道出莉地亚是怎样的人。

高霖先生是一个教师，可是他比任何人都缺少宗教气质。他的性格里面有一种成分，使他常沾沾自喜地暴露自己的缺点。他谈任何问题都要扯上狄堡夫人，那个在教区中支持高霖的贵族。高霖在外乡参加舞会，听说来宾中有人是狄堡夫人的外甥，就说："这真是太巧了……真运气，我发现得不算太迟，还来得及去向他致敬。我现在就去，不知者不罪，他一定会原谅我的。"别人劝他：不经正式介绍而冒失地去攀谈，反而会被对方认为唐突，他仍然自以为是。对方初被高霖招呼时，神态非常愕然，冷淡地应酬了几句。高霖先生并未气馁，哓哓地讲个不休，对方终于不耐烦了，一等高霖住口，就掉头他顾而去。然而高霖先生告诉人家："我对这次谈话很满意。"他说对方恭维他，说狄堡夫人肯赞助的人一定不差。他自己认为"这话真是对极了"！——这一件小事就是高霖品格的化身。

达西和伊丽莎白两人更重要，围绕在他们周围的事件更多。在舞池里，达西特别显出身材高大，因为他鞠躬的度数比别人小。在谈话的场合，伊丽莎白总能分辨剖析，坚持立场，因为她的理性比别的女子多。他们到哪里，一连串的事件就像蜜蜂追蜂王一样跟到哪里。他们之间最精彩的事件发生在快要结尾处，达西向伊丽莎白求婚，因措辞不妥遭到峻拒；狄堡夫人误信达西求婚成功，向伊丽莎白横施干涉，遭到反抗，这反抗有了意想不到的功效，促成了达西和伊丽莎白的谅解，排除了结合的障碍。这一部分情节富有戏剧性，是故事的高潮。高潮最重要，安排也最难。制造高潮更需要具体的事实，更忌抽象的文字。而成功的高潮，对预定要表现的概念，也发挥得更透彻，更淋漓尽致。

　　写小说的人可以预拟一个囫囵笼统的故事大纲，也可以预排一张概念化的人物表，可是那些预定的内容，写作时要代之以"事件"，大部分事件并且要写出过程。写男主角的处境危险，要有足以使他险遭不测的事件，写女主角处境尴尬，要有足以使她羞愤窘迫的事件。写兴奋、光荣、壮烈的场面，阴险、恶毒、卑鄙的行为，莫不皆然。一个场面、一种情绪或一次争斗，总有一个事件摆在那儿最合适，总有一件事最能使故事生动完好，使作者气充辞沛。我们不妨比照"一语说"的名称，给这个叫作"一事说"。我们不妨模仿福楼拜的口吻："把那件事实找出来！"总有一件事最能刻画酒鬼的醉态，总有一件事最能看出守财奴的心理。不要沿用陈套，总有一件事，别人写小说时不曾用过。

　　不要愁这样的材料无处可找，人生就是取之不尽的矿藏，生活，认真生活，就是开矿的方法。假定有人在住院，朋友甲天天去探视，去安慰，去替病人服务，朋友乙根本不加理会，是谁能得到这方面的写件题材呢？是某甲，他深入这一段生活的内层。选举年到了，某乙热心参加竞选，某甲连投票也弃权，谁能得到这方面的材料呢？是某乙。当然，不过问选举的人可以在别的方面认真生活，得到别的材料。像奥斯汀小姐，她的世界狭小得很，惊天动地的法国大革命发生在她的时代，竟然在她的作品里找不到痕迹。她只写自己生活里面所能蓄积的题材，照样得到很大的成功，以致人家用这样的话来赞美她："天才不要她自己所没有的东西。"很可能作家也有个"管区"，每个人的管区就是他的生活范围。海明威想写斗牛就住在西班牙，想写钓鱼就住在古巴，多数人不能这样，也不必这样。"各有因缘莫羡人"，只要善用自己的一份也就是了。

狄更斯:《双城记》

有一则掌故说:中国驻域外的领事馆,一度在编制上列有两位理发师,其中一位理发师,负责全馆人员的头发;而另一位理发师则负责那第一位理发师的头发。

我们看了这则掌故,能够推断出来这是清朝末叶的事。在此以前,海禁未开,中国不向海外派遣使领人员,在此以后,馆员可以进驻在地的理发馆,不必有理发师随行,尤其不必有两位理发师随行。领馆内寥寥数人而必须包括两位理发师,不啻告诉我们,那些中国官吏一面娴习洋务,一面坚强地维护着举世独有的辫子。只有清朝末叶才有此事,清朝末季是这条小故事的时代背景。

一则小故事尚且可以反映出时代的影子，一个大故事（小说）当然能更清楚更完整地反映时代。反映时代是多少大作家的抱负！他不但要反映人生，而且发愿要反映一段时间、某一椿重大的历史事件中特殊的人生诸相，所谓"反映"，那是说他不能直接记录那个时代，他得虚构人物，假托情节。人物虽属虚构，但只有在那个时代才有那样的人，情节虽属假托，但只有在那个时代里才会有那样的事。这些假人假事，小人小事，像一座冰山露出水面的尖顶，证明了也说明了那个又真又大的时代之确实存在，不但存在，且在读者的感觉上复演一次。

狄更斯的《双城记》，是一本有意反映法国大革命时代的小说，单就反映时代来说，它告诉我们很多技巧。

一时代有一时代的特质，哪些历史条件形成了这时代？这时代和其他时代不同的地方在哪里？作家先得把握清楚。法国大革命的情形我们都很明白，它一方面是贵族的骄傲、残忍、奢侈、享受，一方面是农民的痛苦、怨恨、反抗、报复。贵族压迫平民固然无恶不作，平民屠杀贵族又未免疯狂过分。这一步分析工作，是对时代的解剖。我们若想反映任何一个时代，不问是北伐，抗战，或者现在，都得先把那看似一团混沌旋动不息的时代，分解成可以掌握可以理解的东西。进行这种解剖工作,有的遵照历史学者的意见,有的仅凭小说作者个人的感受。

每个时代,每桩事件,都有所谓"枢纽人物"。这种人物好比一具电话交换总机,好像一个十字路口,他虽是一个人,却能从他身上观察出多方面的现象。谁要写一个地区养女生活状况及养父养母的心理,养女保护委员会实际工作负责人就是个枢纽;谁要写三男如何争夺一女,枢纽当然是那个女的。谁想写法国大革命,如果他同意上面对此一时代的分析,他得先寻找或者假托(最好是假托)人物,做贵族与平民、报复与受害的交叉点,这交叉点也就是枢纽。

很明显,《双城记》中的枢纽人物是查礼·达尔南和曼奈德[1]医生。查礼·达尔南,他是贵族,通过他,他的家庭、门阀,可以看出贵族的优雅和堕落腐化。然而他跟一般贵族不同,他同情平民,他认为贵族过去所做和目前所做都是罪恶,他对祖传的爵位和姓氏引为耻辱。于是他逃出法国,隐名埋姓,自食其力。贵族社会有了他,就像开了扇窗子,从而看见平民的世界。曼奈德医生,他是平民,通过他,可以看出平民的憔悴阴沉坚忍勇敢。由于他是医生,

---

[1] 中国大陆一般译作查尔斯·达尔奈和马内特。

时时出入贵族社会。有一夜，某贵族请他出诊，到了那里，他发现该贵族令人发指的暴行。不顾警告，他提出检举，结果反被陷害，拘入巴士底监狱，由青年囚禁到老年。平民社会里有了他，就像搭了一座桥，通往贵族的世界。

岂止法国有过贵族和平民的对立？又岂止法国有过同情平民的贵族和结交贵族的平民？《双城记》单单要写法国，而且要写公元1775年以后到大革命期间的法国，就得更精细地描出那里的特色。如前所说，查礼·达尔南是只有那个时代才会有的人物（那时伏尔泰、卢梭等人的思想已发生普遍而重大的影响，因此才有青年贵族以自己的家世为耻）。书中着力描写的许多事件，如巴士底监狱、断头机的发明等，也是只有那时代才有的事件。细观全书，它把当时的哲学思潮、银行业务、司法制度、社会习尚、生活方式、市井职业、税务、葬礼、建筑、衣饰，乃至英法战争，美国独立，都写在书里，溶在故事里。故事是骨架，时代的形形色色是紧附在上面的血肉皮毛。所以，无论如何，批评家是把狄更斯列为写实的小说家；比其他写实小说更难得的是，他把时代特色记录得那么详尽，而又毫不影响文艺的奔放、情感的沸腾。

《双城记》虽将贵族与平民并排描写，其实贵族是陪衬，平民是主体。法国大革命的精神当然要在平民身上表现，不在贵族身上表现。当时平民最忙碌的工作是向贵族报复，报复的主要手段是屠杀，好杀的风气弥漫一时，居然每个老百姓衣襟上都佩带一具小小的断头机当作徽章。《双城记》既然以法国大革命作为时代背景，就得忠实地反应这一切，尽管狄更斯并不赞成这种昏热的病态心理。下笔反映时代最好没有偏见，你看，狄更斯没有偏见，他写贵族作恶，可是没忘记由跟班身上所能看出来的高度文化背景（尽管那文化已因过于成熟而腐烂了），他写平民不能不反抗，可是不忽略事实上他们多么野蛮。屠杀的恐怖，复仇的快感，群众的如痴如醉，狄更斯是写得太好了！就韵味来说，他的这些描写完全是诗。在这里，他不但写出当时法国社会的形貌而已，还透彻地写出了当时法国人的心灵。而任何人，若他执笔去表现某一时代，除非把那时代人们的心灵表现出来，否则不能算是成功。

　　作家对他所要表现的时代不能有偏见，并不等于说不能有褒贬。一个时代，既然如此撼动作家的思想感情，深入他的内心，孕育出一部作品，则作家对那时代一定有自己的意见，他不能不考虑到，如何使他的意见也成为艺术品的一部分。《双城记》如果对法国大革命毫无意见，那就成了一本暴露屠杀记录残暴的书，如果它不用艺术手腕硬插入一些意见，那又成了一本充满说教口吻的书。两者都不是，如果两者居一，《双城记》就不值得后世如此推重。

在《双城记》里面，平民对贵族报复行为的最高潮，是处决查礼·达尔南。达尔南头脑开明，洁身自好，对平民友爱信任，结果也在清算之列，这是狄更斯对暴民专制的第一步批判。达尔南是曼奈德医生的爱婿，而曼奈德是革命民众所尊敬的人物，老医生遂凭自己的声望，奔走疏解，不料经人揭破，当年医生在狱中受罪的时候，曾写下血书，控诉达尔南的全族！血书一出现，老医生丧失了发言权。"仇恨"是一条毒蛇，由他苦心养大，却咬住了自己的亲人。这是狄更斯对暴民专制的第二步批判。达尔南判决确定后，革命分子渐渐找同志做发泄仇恨情绪的对象，老曼奈德的生命，也发生危险，从前贵族不过剥夺他的自由，如今"同志"却谋取他的头颅，以暴易暴，每况愈下，这是狄更斯对暴民专制的第三步批判。每一步批判皆是一次情节上的高潮，诉诸读者的感情，由读者自己再诉诸理智。最后，他使读者产生满怀的悲悯，觉得贵族是可怜的，平民也是可怜的，在那以前或者自那以后，凡是做出那些行为来的人都可怜，人类永远再不要那样做了！

米契尔[1]:《飘》

写小说以"具体描写"为上,忌有抽象的叙述议论。可是事实上,小说,尤其是背景复杂的大部头作品,惯见夹有叙述和议论的口吻。例如《飘》写郝嘉乐[2]死,在陶乐庄园举行葬礼,慧儿[3]发表悼词:

"他是一个爱尔兰的战士,一个南方的上流社会人,并且是始终忠心联盟政府的。有了这么三种资格联合在一起,你们当然找不到一个比他再好的人了,而且从今以后

---

[1] 又译米切尔。
[2] 又译杰拉尔德。
[3] 又译威尔。

也不会再有他这种人,因为产生他这种人的时代已经过去了。"

这段话,叙述和议论都有。"他是一个爱尔兰的战士,一个……"是叙述,"产生他这种人的时代已经过去了"则是议论。这段话里面没有对郝嘉乐其人其事的具体描写,而是对郝嘉乐其人其事的概述和论断。具体描写是要把其人其事放大、照明,写得历历如绘,叙述和议论则是"总而言之"。总而言之,郝嘉乐先生是好人;总而言之,他这样的人是后无来者了。这番话,是郝嘉乐先生的盖棺之论,是加在他一生行状后面的按语,是一篇恳切得体的墓志铭。照慧儿的出身及教养,不该有这么漂亮的辞令,这是本书作者借慧儿之口来说话,这是写小说的人把自己对人对事的意见,假托于人物对话之中。

这还不算。小说作者常常根本不利用人物演双簧,自己直接站出来说话,例如《飘》里面写郝思嘉[1]大难之后,认识转变,从前的价值观念起了动摇。她觉得母亲从前教她的那些话都是错的,心里非常的惨痛而迷惑。作者接着代为评断说:

"她却不曾想到,母亲对于当初所以教训女儿的那种

---

1 又译斯佳丽。

文化，是不能预先知道它要崩溃的，对于当初他们所处的社会地位，是不能预先见到它要消灭的。"

这是议论。至于叙述，书中更多，例如追溯历史：

"当郝嘉乐初次迁到肇嘉州[1]来的时候，世界上还没有饿狼陀[2]这个城市，连一个村落的影子也没有，那地方不过是一片荒凉罢了。但到第二年的一八三六年，因吉落碳[3]族人新近割让了一块地面，本州岛岛政府便命造起一条直通西北的铁路来。这条铁路须以田纳西和大西部为终点，那是很明白而确定的，但是，它在肇嘉州的起点应该定在什么地方，一时却不易决定。直到第二年，有一位工程师在红泥土里打下一根桩子，定它为本线南端的起点，于是这个先名脱冥纳斯[4]后名饿狼陀的城市从此开始了。"

类似的例子在很多小说中随时可以看到。尽管有那么多人主张在小说中避免抽象的叙述议论，为什么有那么多的小说中夹有这两种笔法？这可能因为小说家有这个自由。小说似乎是诗、剧本、散文的综合，它的故事性，跟戏剧相通。剧本的编著人自己把自己严密地裹藏起来，他把发

---

1 又译佐治亚州。
2 又译亚特兰大。
3 又译柴罗基。
4 又译特尔米纳斯。

言权完全让给了剧中人物,他不必(实际上也不能)站出来。可是这样的限制对散文的作者是没有的,他几乎可以开笔第一个字就写"我"。他可以随时打断具体描写,难以主观。既然小说含有散文的成分,写小说的人也酌采兼施散文的方法。《三国演义》开口就说,"天下大势,分久必合,合久必分";《安娜·卡列尼娜》开头就说,家庭的幸福都是一样,家庭的悲惨却各有不同;《琥珀》一开头就说,在乱世,人能活下去就是成绩。有些小说竟有冗长的议论,成了小说家的"特权"。

小说的作者常常感到有运用叙述和议论这两种方法的需要。写小说的人当然明白,小说的主要资料必须是具体事件,但他很希望用"总而言之"做辅助的手段。他明白小说的主题不宜直说,要"意在言外",但在局部技术上,他也许觉得说破也有说破的好处。尤其是,小说有它的记录性。谁要动手写一部大书记录时代,谁就得动用一切有效的记录方法(有些小说家用高级象征的手法,写一个简单的故事来表现一个时代,又当别论)。写小说的人对那个时代的变化,有那么多的感触,对掌故轶闻有那么深的记忆,若不许他有叙述议论,他简直得写一百部小说才行,倘若可以叙述议论,他就可以把刻骨铭心的形形色色附丽在一部小说的故事上，吐尽喉头的骨鲠。他既不能写一百部小说，只有以一部小说完成心愿。他把主要的意念溶解在故事里，把许多次要的意念付之于叙述议论。

《飘》这部小说，以美国南北战争作背景。南北战争在四个战场上前后打了四年，四个战场是海上、密西西比河流域、弗吉尼亚与东部沿海诸州，还有外交战线。四年鏖战，估计北方先后动员兵员二百万，南方动员兵员七十万至一百万，双方阵亡总数超过六十万人（一说七十万）。这场战争使南方大部分沦为荒场，公私产业损失极大，南部旧有的劳工制度被破坏，经济崩溃，社会解体，道德水准急降。米契尔女士是把想象力驰骋在彼一时代来写《飘》的，她是根据那一时代的种种条件来捏制故事的。照传统小说的做法，她选几个代表性的人物，写他们的生、爱、婚、死；她选几个代表性的地点，写它们的沧桑变迁。她从整个南北战争的各战场中选择肇嘉州，从整个肇嘉州选择饿狼陀城，从城中的数万居民中选择十数人。她这样一步步缩小范围，为的是便于具体描写。她的描写生动工巧，异常出色。她像一切的小说家，能借描写具体事物使我们闻一知十，小中见大。不过，仅仅如此，对她是不够的。她要纪念旧日南方社会的余韵遗泽，怜惜"邦联"苍茫成空的霸图,她要追溯历史事实,交代地理位置,使异代异地的读者神游其中。她要画出整个战争形势的轮廓,要弥缝过场,加重感慨,要简化某些事情,分析某些事情。因此,《飘》虽是一部故事性极其浓厚的小说,到底不曾把叙述议论摒弃。

叙述和议论并不是堆积废料。它并不是不忍把无用的材料删除,以致把作品弄得十分臃肿。小说作家若采用某一方法,那方法就成了作者艺术手腕的一部分。在《飘》里面,作者插入叙述时,读者正感觉需要这段叙述;插入议论时,读者感觉欢迎这议论。"时然后言,人不厌其言",她插入的叙述议论似乎是打断了故事,其实延长了故事的效果,似分散了读者的注意力,其实帮助蕴蓄读者的感情。这就是所谓"说故事"的技巧。米契尔女士在"说故事"时,对所插入的叙述议论,颇费一番匠心,它们共同的长处是:

一、力求精短;

二、修辞佳妙。

在叙述方面,长处是:

一、尽可能拾掇生动的事物;

二、主观的情感汹涌注入。

在议论方面,长处是:

一、笔锋仍带情感；

二、出语精辟，不要庸俗的意见。

《飘》里面介绍饿狼陀城的位置和沿革，和地理书的介绍方式大不相同。地理书介绍一个地方，常说该城位于经几度纬几度，说它东邻某城、西接某城、南界某地、北达某地，说它公元1200年建城、1385年设市，说它1490年改隶某省，1570年重归某省。这种介绍文字非常确实，也非常枯燥，读者阅读这段文字时，想象力停止活动。《飘》介绍饿狼陀则不然。它从肇嘉州要在一片人烟稀少的平原上修铁路说起，这条铁路先决定以某城为终点，可是，哪里是它的起点呢？后来，铁路工程师在空地上打了一个桩，算是铁路的起点，铁路修成后，打桩的地方发展成为城市，就是饿狼陀。读这段文字，我们大概知道饿狼陀的位置和沿革。对小说的读者来说，"大概知道"就够了。重要的是，当他"大概知道"饿狼陀城的位置和沿革时，他同时隐约看见一连串的人事活动；他似乎可以看见建城时人的踌躇和决心、人的欲望和辛劳，他几乎听见了工程师打桩的声音，几乎看见一根木桩四周的空地上逐渐有了万家灯火，像看魔术一般。《飘》里面叙述南北战争的战况，也和一般历史书不同。一般史书的写法，无非是某月某日，北军攻陷某城，南军败退；某月某日，南军反攻，将某城克复。《飘》又另有写法，它说南军是一条灰线（南军穿灰色制服），它说蓝线（北军穿蓝色制服）向灰线猛扑，它说灰线向某方向慌忙移动。把军队说成一条有知觉会蠕动的线，容易引起读者同情，读者立刻觉得登高望远，对战局形势一览无余，对两军的胜负进退很关切。用这样的手法来叙述，在"小说"中最为适合。

在小说的具体描写里面插入叙述，是迫不得已，插入议论则是情不自禁。因此，这些加在具体事件后面的按语，绝不像伊索寓言那样冷冰冰的说教。在《飘》里面，议论不是说教，大部分是对事物的解释，发言者不是一个道德家而是一个观察家。南方战败后，郝思嘉发现母亲的遗训全不能应付现实，她很难过，母亲的话怎么都错了呢？作者立刻介入解释说："母亲对于当初所以教训女儿的那种文化，是不能预先知道它要崩溃的。"郝思嘉在陶乐庄园独掌大权后，脾气非常暴躁，是什么原因呢？原来"她跟一切骤然当权的人一样，立刻把天性里所有威吓人的本能都表现出来"。饿狼陀城为什么发展成为作者所描写的那般模样呢？因为这个城"是肇嘉州新旧两种元素的混合。凡新旧两者起了冲突的时候，结果往往是新占优胜，就因为新的比较顽强有力的缘故"。这些话，小说里面当然也可以根本不写，但是，人若立志写一部小说来记录某一时代，他会认为在书中夹谈一些自己的意见，是莫大的快乐。

要议论写得好，不能多、不能长；要议论写得好，得有敏锐的观察力和足够的学养。议论写得好，会被后人摘录出来当作格言流传；会促使读者深思，去发现事物背后的意义。议论写得好，会像一座桥，把作者虚拟的故事和读者亲身的经历联系起来。举例说，读《飘》读到后来，读者的注意力完全集中在郝思嘉身上，一心看她以凶暴的态度治家，暂时忘了现实的世界。一句"她跟一切骤然当权的人一样，立刻把天性里所有威吓人的本能都表现出来"，立刻使读者由郝思嘉联想到从前遇见的一个作威作福的官僚。这种联想，是欣赏中一项重要的心理活动；引起这种活动，是作者的一大成功。

说好话

社区有心人提倡"存好心,说好话,做好事",改善社会风气,也促进人和人的关系。

做好事要有财力人力,难,说好话要有机会、有口才,也不容易。老来无事,常被各种集会请去做装饰品,主持人恤老怜贫,又常请你上台讲几句话。仪式而已,没人对你这几句话抱什么希望,但是我要对得起这满座来宾。

我致词通常不超过三分钟,按广播电视播报新闻的速度,三分钟可以讲600字。我事先写好讲稿,既能控制时间,也删除了颠三倒四和嗯嗯啊啊。我在这三分钟免不了客套,免不了应景,这些话是来宾随手丢弃的垃圾,但是我也一定有一两句话可以让来宾记在心中，带回家去。有人问我为什么要费这么大的劲儿，我说无他，尽心焉而已。

书画偶尔真富贵

话说这天一位画家公开展出个人的作品，当场义卖，全部收入捐给公益团体慈善事业。我去参加开幕的酒会，一路上寻找那可以让来宾记在心中带回家去的两句话，我得先有这两句话做核心，然后演绎包装。这位画家画"图画"，在创新和守成的夹缝中容身，凭我对绘画所有的一点常识，很难言之成文。等到一步踏进展览会场，有了！

我家乡有一位中了进士的尊长，诗书画都有相当的修养，他说过，升大官发大财不算富贵，能写字能画画儿才是富贵，普普通通写两个字画几笔也不算富贵，写得好画得好才是富贵，这位前辈很谦虚，他说自己"书画偶尔真富贵"。

我说，这位受社区敬重的知名之士书画二十年，专业之外另有艺术成就，今天举行个展，拿出来的都是精品，这不是偶尔富贵，这是满堂富贵，这是精神上的富贵，文化上的富贵。为什么说这是富贵呢，富是为了出尘，贵是为了脱俗，所以人都愿意富贵，不愿意贫贱，贫了就得含垢，贱了就得媚俗。可是富贵是不是真能出尘脱俗呢？出尘脱俗是一种艺术境界，金钱未必可以达到，书画可以达到，今天我们来看展览，可以印证。

我说，主办单位要我讲几句话，我站在这个位置上一看，不但四壁琳琅，而且满座衣冠。各位都是来买画的吧？这一场展览是义卖，所有的收入都捐给公益团体慈善事业，各位买画就是捐款，就是行善，富而能施，就是又富又贵。各位来宾一向热心公益，参加这次书画义卖，也是一场共同的富贵。

听了这番话，全场热烈鼓掌，当场买画的人不多。我也只是尽心焉而已。

做值得写的人，写值得做的人

在作家聚会的时候，我常常鼓吹两句话："做值得写的事，写值得做的事。"这几年我劝人写传记，把那两句话修改了一下："做值得写的人，写值得做的人。"

话说纽约华人社区的一位名人，商场得意，乐善好施，华人文坛的四大传记高手，联合起来为他写了一本传记，新书发表会上，我说传主是一个值得写的人，作家看见这样的人都想来写他，就像雕刻家看见一块很好的大理石，很想将之变成自己的作品。现在由四大高手，四大名票，为他写出一本传记来，人以文传，文以人传，可以在广大的人群中增加十个百个"值得写的人"，这些值得写的人又做出千件万件"值得做的事"，对建造一个健全的社会大有帮助。

我说，作家笔下值得写的人，都是读者眼中值得做的人，读这样的传记，可以扩大心胸，提高境界，砥砺意志，向前向上。我们来到这个世界上，不断成长，不断学习，遇强则强，遇弱则弱，近朱者赤，近墨者黑。这个值得做的人，他是怎样做到的？别人怎样也做到？名人传记就是正面教材，至少是重要资讯。

散会后回到家中，接到一位社团领导的电话，问我那两句话怎么说。"做值得写的人，写值得做的人"，我一个字一个字说了，他一个字一个字记下来。

如果你是泥做的，教育家把你烧成瓷

台湾铭传大学校长包德明博士逝世，铭传大学的美东校友会集会悼念。校友中有很多人是内人的朋友,所以我们老两口也列席致敬。

轮到我致词,我说包校长是教育家,想当年台湾办学不容易。包校长有影响力,那年代有影响力的人多半为自己打算,当然也有人为青年打算,为下一代打算,为国家的发展打算,包校长是其中的一个。这是应景的话。

我又说,她选择了教育,她办了一家专科学校,她继续努力,把专科学校办成学院,再把学院办成完全的大学。她为大于微,图难于易,她日新又新,层楼更上。她奉献自己的一生,造就十万青年的一生。这是陈陈相因的颂词。

因此切入,我强调教育家的重要,争取普遍的认同。想起贾宝玉说过,男人是泥做的,女人是水做的,我想把这两句话延长,"教育家把水做的女人酿成酒,把泥做的男人烧成瓷,"当作今天的警句,继而一想,美国对性别歧视敏感,咱们别男人啊女人啊,稍加修改,以"如果你是水做的,教育家把你酿成酒;如果你是泥做的,教育家把你烧成瓷"定稿,我看见有几位来宾马上掏出手机来打字,想是把这两句话记下来。好了,下面接近尾声了,我说上帝造我,父母生我,教育家成就我,教育家是我们精神上的父母,人间的上帝,教育家是国家的祥瑞,众生中的圣贤。

这里面有我青少年时期失学的余痛，不仅是泛泛的应酬话。

一步踏进来，这里就是中国

纽约华侨文教中心成立30周年了，我去对他说一声"生日快乐"。

单是一句"生日快乐"还不够，我是老人，老人有他该说的话，我说我搬到纽约来的时候，文教中心还没有成立，法拉盛的文教社团想找一个地方办展览，开座谈会，社团的负责人到处奔走，仰着脸跟人说话。1986年，华侨文教服务中心的招牌挂出来了，我特别跑去看那面招牌，看了很久，舍不得离开。有了这么一个舞台，一位又一位主任从天涯海角、四面八方来给社区服务，文教社团就有精神了，各种活动也多了，大家切磋观摩，进步很快，朋友见面的机会也多了，彼此的感情也增加了。

单是几句"想当年、到如今"还不够，我得说说跟我特别有缘的几位掌舵的人，现任的主管爱听，他希望三十年后还有人记得他，离任的主管只要还在这个侨务系统做官，也有人向他转述，他也在二十年后三十年后的今天又想起我。可是各位看官对这些人并不关心，文章是写给各位看的,这一段史话,我给各位省了。

结尾一段话相当漂亮,不看可惜,我说文教中心这个宝贵的空间好比是摇篮,让多少作家艺术家成长,它也好比是一座堡垒,在异国外邦守护我们的诗词歌赋,琴棋书画。这里的空气不一样,这里有檀香墨香;这里的光线不一样,这里有朱砂石绿;这里的声音不一样,这里有平上去入;"我们一步踏进来,这里就是中国!"对!就是最后这句话,散场以后,多少人带着它走。

文学鼓吹离散,离散发展文学

我们在英语的社会里用中文写文章,难免孤独寂寞,我曾经引用两句唐诗描述这种处境:"独坐幽篁里,弹琴复长啸。"偶然有北京上海来的作家,台湾香港来的学者,文艺社团安排一个演讲或者座谈,跟大家见见面,说说共同语言,我想起我引用的那首唐诗后面还有两句:"深林人不知,明月来相照。"专门研究美国华文文学的陈公仲教授有纽约之行,我就说,明月照到我们头上来了!因缘凑得巧,他到纽约,正是中秋节前两天,他比中秋明月早到一步。我想,他会带走我的这个比喻。

我对满座文友说，陈教授是研究美国华文文学的专家，今天在座的各位都在他的观察之下。我们常常放不下，唯恐没有人看我们的文章，其实有人看，而且是水准很高的人在看，而且是以看我们的文章为专业，陈教授就是其中一位。他们看了我们的文章之后还有称赞或者纠正，对我们很尽心。这么一来，我们就不懈怠了，就不孤独寂寞了。只要有他们这些良师益友在，海外的华文文学虽然有困境，一定能突破。这是场面上的应酬话，在应酬的场合要讲些应酬话，显得郑重也显得亲切。事实上，研究美国华文学的人不能读遍美国的华文作品，文学如海，作品如鱼，鱼在深水，研究者注视海面。等鱼冒上来才进入他的研究范围。但是这话只能在学术研讨会上讲，不能在来宾欢迎会上讲。

也不能净讲一些应酬话，那就俗了，那样对待一位专家学者，也是礼数不周。我手边有好几本陈公仲教授的著作，他有一本《离散与文学》，是一本文集，书名很吸引我。在他的演讲会上我高举他的这本书，我说我受中国文学哺养，尝过各种滋味，我觉得中国的现代文学经过三个阶段，先是"文学鼓吹离散"，后是"离散发展文学"，最后是"文学整合离散"，最后一项整合工作，陈教授一直在做，仆仆风尘，老当益壮。我认为这样既抬高了他，也没有矮化纽约的文坛，恰到好处。

散场时，纽约作家中的一位大哥大，把他手里的笔记本送到我的眼前，他说，"平时请你演讲，你总是说辞穷了，其实你还有材料可讲。"他在笔记本上写的是"文学鼓吹离散，离散发展文学，文学整合离散"。很好，他把这三句话带走了。

艺术给我们超物质的经验

看张欣云居士拍摄的《朵玛艺术》纪录片，见到密宗的宗教领袖和艺术家，初识一向陌生的西藏文化。主持人要我即席一谈"宗教艺术与现代人的生活"，这个题目很好，要等有学问的人来做文章，要我说一点感想，我也有，当然我说的也许不对。

艺术给我们超物质的经验，一幅画，画布油彩都是物质，音乐演奏是空气振动，也是物质，但是我们看画听音乐，那些物质都不见了，我们有浑然一体的感觉，我们摆脱一切压力，没有任何需求，一无所有而又无所不有，我们放弃平常的思考推理，一步到位，得到最后的结果，一个没有结果的结果，不需要结果的结果。艺术的可贵就在它能够给欣赏艺术的人这种经验。

这是精神上的一大享受，现代人非常需要这种享受，可以心旷神怡，有时候也是一种治疗，可以祛病延年。在这方面欣赏宗教艺术收获丰富，因为上面说的那种经验就是宗教的境界，所谓无沾无碍，所谓本来无一物，所谓空中无色，无受想行识，无眼耳鼻舌身意，无声色香味触法，宗教家的心灵就住在那个境界里，而艺术作品又是艺术家心灵的变现，"变现"是佛家的语言，艺术家早已搬过来借用了，变现也就是心灵的物质化，无形的有形化，我们亲近他"形于外"的这一部分，可以进入他"诚于中"的那一部分。

艺术不能代替宗教，它有宗教的一部分功能，我常觉得我们占了很大的便宜，宗教家要修行一生一世，甚至修行几生几世才到那一步，我们欣赏宗教艺术的人，就这么轻而易举地分享了，当然宗教家可以长住，欣赏艺术的人只是暂时、片刻、一刹那，仍然可以说很公平。无论如何，我像感谢宗教家一样感谢艺术家，今天在纪录片上展示出来的这些作品，背后都有一个创造的人，他们的名字失传了，我用祷告感谢他们。今天纪录这些作品的人，流传这些作品的人，现在就在我们眼前，我们用掌声感谢他们。

我说了这么多，似乎很难从里面摘出一两句来自己持有而抛弃其余。我知道，在这种场合，听这样的致词，也没有人倾耳专心，只是任其遗落满地，能偶然像拾穗一样拣起几颗，也许你喜欢的是这两句，他喜欢的是那两句，都是有缘。

如果继续给我纸，我还有很多血

中国时报有个"开卷"版，每年向读者推介开卷好书。2009这年，我的回忆录《关山夺路》入选，同榜者还有齐邦媛，龙应台，蔡素芬，刘克襄，苏童，毕飞宇等人。

开卷好书发表之日，照例要登载得奖人的感言，我隔海致词，也照例用"非常感谢"开头，谢谢中国时报，谢谢开卷版，谢谢年度好书的各位评审委员。

年轻的时候，我不知道每一件事都是由种种因缘合成，而每一种因缘都难得。2009年，我84岁了，总该有些长进，三年后，我的家乡为我的作品举行研讨会，我就能说出"感谢天地君亲师，感谢唐宋元明清，感谢金木水火土"三句话，让参加会议的人带走。有人要我解释感谢金木水火土，我顺便把三句话都"演义"了一番：天地君亲师，小我成长的因缘；唐宋元明清，历史文化陶冶的因缘；金木水火土，人际关系相生相克的因缘。

对开卷，我紧接着升高一步，引用尼采，尼采说过，好书是用血写成的。有人被他的联想限制住了，以为像出家人刺臂取血写佛经，我给他加了几个字稀释一下，好书是"血变成墨水"写成的，为什么不说它是墨水要说它是血？这就是文学的修辞，"血"字比较醒目动心。

引用尼采是升高，离开尼采再跨出一步是扩大，我在感言里面继续说，写文章不能光有墨水，还得有纸，我们都是在纸上安身立命的，"秀才人情一张纸"，文豪的功业也是几张纸。我说我有墨水，血变成的墨水，我得感谢中国时报给我纸，感谢很多家报纸杂志给我纸，尔雅出版社也给我纸，大家都给我干干净净的纸，给我宽宽大大的纸，没有各位的纸，就没有我的书，即使没有好书奖，我已经非常感谢了。

我想起当年德意志的铁血宰相俾斯麦对国会说，今天那些严重的问题需要用"铁"和"血"解决，我有血（将士，热血男儿），请诸位给我"铁"（拨款买武器装备）。我在140年后乘其余势鼓动文气，我说请继续给我纸，我还有很多血。好了，我想台北那些参加授奖仪式的人都想带点记忆回去，有我最后这一句话，他们不虚此行。

所有的教会都是由小变大

那天，我讲话的地方不是教会，是华文文学的读书会。爱好文学的人定期群聚，一群人热热闹闹地读书，由与书为友到以书会友，他们把喝茶、聊天、开会融合为新的形式，排除了阅读带来的孤独。读书会中人人提出读书报告，由一个人读许多书、发展到许多人互相代读，在有限的时间中博览多闻。

这样的读书会本来很多，后来，慢慢地减少了，这里那里的读书会都停办了，为什么停办呢，因为参加的人数减少了。这天我出席的这个读书会需要拉抬士气，我在应该说好话的时候来到需要听好话的地方。我说奇怪啊，串门子杀时间的人不来，好座位空出来了，东拉西扯的人不来，发言的时间多出来了，这是去芜存菁啊，怎么就停办了呢！我在说好话，希望眼前这个读书会不要停办，继续延长。

那天，我说，我们要有一个观念：读书会不是群众大会，读书的人是小众，读书会是小部落，规模小，数量多，我们不是日正当中,我们是群星万点。读书是雅兴,不附流俗,读书是智举,人弃我取。读书会人数可多可少,四君子、七贤都足以传为美谈。我一看,读书会的主办人是基督徒,他爱听耶稣的话,耶稣的话都是好话,耶稣说:"只要有两三个人同心祷告,我必在你们中间。"我强调所有的教会都是由小变大,读书会亦作如是观。如果那天读书会的主办人是佛门弟子,我会说,别看我们这个读书会很小,因缘不可思议,春种一粒粟,秋收万颗谷,这也是好话。

那天有图书馆的两位资深馆员在座,我趁机会说了几句好话给他们听,希望他们对读书会增加一些热情。我说读书会仰赖书店、图书馆支持,三者可以密切合作。图书馆可以是众多读书会的水库,读书会可以是图书馆的支流,支流也许在水库的下游,也许在水库的上游,读书会由读者构成,读者可以是图书馆的源头活水。这种共存共荣、相得益彰的关系,在台湾得到充分结合,希望海外迎头赶上。

穿睡衣的时代写散文

一位新闻界的大佬,一生写新闻,下标题,撰社论,风骨峭峻,不苟言笑。他晚年忽然出版了一本散文集,《穿上母亲买给我的睡衣》，圈内人纷纷表示诧异。

这位新闻大佬当初也是文艺青年，后来以新闻为专业，文字中不见性灵和情感，想必有一番自我封杀。老年忽然回归柔美，许多文学作家倒是很兴奋，大家给他开了一个规模盛大的新书发表会，"我辈中人"云集，政界商界学界的名流也来了不少。素负盛名的批评家夏志清，诗人郑愁予，散文家潘琦君都到场致词，我也在他们之后说了一些好话。

为这位新闻大佬的散文集说好话并不容易，他对文学的修辞方法很生疏了，所谓用意象来思考也隔膜了。好在我一向认为新书发表会不是文学论坛，我们讲话也不是去做文学批评。作家出了一本新书，就像他生了个儿子，或者盖了一幢房子，在他是一件喜事，我们是去道贺，分享他的喜悦。你去了可以不说话，要说话必定是说好话，所谓好话不仅仅是称赞他的房子好，还要增长大家的好心情，配合现场的好气氛，事后，来宾可能忘记了那本书，还可以忽然想起来你的话。

我到了新书发表会的会场，人人都说这本散文集的书名很温馨，我的好话就抓住这个书名发挥。我说大佬把一生献给新闻事业，他经历了三个时代，起初，他跟同行抢新闻，披荆斩棘，一马当先，我称之为穿猎装的时代。后来，他高升了，他管大事不管小事，他除了办公以外，还要讲学、开会、演讲、剪彩、证婚、赴宴，他得穿礼服，穿西装，我称之为穿礼服的时代。转眼又是多少年过去了！

现在，我说，我看到这本新书，《穿上母亲买给我的睡衣》，我忽然想起来，我们的新闻大佬快要进入穿睡衣的时代了，他不用再那么辛苦、那么操心了，他功成名就，以后可以云淡风轻、心无窒碍了，让别人去做英雄做圣贤，他可以做神仙了。"穿上母亲买给我的睡衣"！到了这个时候，还有高堂老太太给他买睡衣，这就连神仙都要羡慕都要感动了！我真想看一番、摸一摸这是一件什么样的睡衣，筹办新书发表会的人，为什么不把那件睡衣挂在这里！

那时，圈内传闻大佬该退休了，但是他还有些犹豫，所以，当我说他快要进入穿睡衣的时代，全场大笑鼓掌，紧接着，我说出到了这个时候还有高堂老太太给他买睡衣，全场肃然无声，我知道我应该见好就收了。

要看是什么样的碎片

"小而美"是美国七十年代兴起的观念，那时候美国企业喜欢标榜世界最大,世界最多,世界最高,办球赛,明明是美国国内的赛事,明明只有美国球队参加,冠军的奖品也叫世界杯。现在各位都看见,曼哈顿34街的Macy(梅西百货),墙上写着"世界最大的百货店"。那个观念是"大而富"。小而美对抗大而富,你大,你丰富,我小,但是我精致。

作品也有"小而美",小船小桥小渡头,细雨临风岸,也有"大而富",大海大舰大宇宙,云霞出海曙。小而美的作品幅度小,密度高,数量少,质量高,人力小,才气高。小饭店可口小菜,好邻居小村小镇,美好回忆小河旁边小花小草一只小手。天上一滴泪,地上一个湖,人间一口气,天上一片云。

我现在文章越写越短,有时候每一篇只有五六百字,最长也不过一千字,编成这本散文集,出版社给我取名字,叫《小而美散文》,小则小矣,美则未必。今天新书发表会,同时义卖新书,"小而美"参加了,既然义卖,所有的收入捐给公益团体,我必须说这本书很好,没有谦卑的自由。说自己的文章好,没有人能说得好,我必须冒这个险。

为什么文章越写越短呢?老人做事怕麻烦,以前登山,现在散步,散步比较容易。以前主张战争,现在主张和平,和平比较容易。以前相信科学，现在相信宗教，宗教比较容易。写长文章要搜集很多材料，支付很多感情，还得经营章法结构，太辛苦了，也没那个力气了。这时候，洗手吧，别再写了，但是"人在江湖，身不由己"，有时候还得写，那就写么短短一段吧，文章那么短，有什么地方值得一看呢，又怎么证明你是用心写的呢，这时候，逼上梁山，你得追求小而美，这是老作家的最后一条路，小而能美，这是一条活路，小而不美，这是一条绝路。

在家乡，老人自言自语，叫做"碎碎念"，换成今天的语言，就是碎片化。大家都说碎片化不好，那也未必，拿我读过的书来说，《论语》就碎片化，泰戈尔、培根也碎片化，抗战时期，我们小青年都摸过尼采，我的印象，尼采也碎片化。我在台北那些年很苦闷，老师叫我读王阳明的传习录，传习录也碎片化。"无可奈何花落去，似曾相识燕归来"，怎么也像碎片？"两个黄鹂鸣翠柳，一行白鹭上青天。窗含西岭千秋雪，门泊东吴万里船。"怎么也像碎片？碎片化没问题，要看是什么样的碎片，你是零金碎玉，你是秦砖汉瓦，你是小数点后四位数，千分之三克拉的钻石，要用放大镜看，都有价值，有行情。

小而美，碎片化，今天大家看我的，看我寸有所长，绝处逢生。看我千锤百炼,少许胜多。看我意在言外,余音袅袅。小而美,小而美,大家来买小而美,物美价廉,开卷有益,买了是我的荣幸,不买……是你的损失。(全场大笑,鼓掌)

粉红楼窗隔海看

纽约市皇后区公立图书馆中文读书会，最近以周芬伶的《粉红楼窗》为主题进行聚谈，周芬伶女士是新一代名作家，视野和关怀层面都和八十年代以前的那些名家大不相同，遂中青年读者热烈投入，"长者"们接受略有迟疑。

周女士也是名教授，名教授写小说易有"学究气"，也就是考虑对她的学生有什么影响，新一代的教授作家大半抛弃了这个包袱。周教授在《粉红楼窗》的序言里说："散文还有道德束缚，小说完全可以逍遥法外。"小说人物有独立的生命，作者不为他们的思想行为负责，道理早就摆在那里，前辈作家并不能真正实行，此间的前辈读者也多半闻所未闻。

"教现代小说二十余年,什么样的奇技淫巧都见过",《粉红楼窗》序文中如此说,这话是真的,小说家是否因此放下对技巧的追逐研发却是有争论的。论技巧周女士依然高明,大家不认为她"繁华落尽见真淳",当然,只要她愿意,她以后可以做到,序文最后说:"我觉得以后可以更好",我们深信不疑。

在这本短篇小说集里,"楼窗"是周女士最满意的一篇,大家谈得最多。"楼窗"的故事大概是,两个人在泰国相遇,谈起来早年却有共同的背景,于是两人在泰国絮絮而谈早年居住的台湾地区,对旅游地的风俗人情山川草木并不甚留意。此一设计相当奇特,使我想起"外省人"到了台湾,心中只有黄河,眼中不见浊水溪,因而备受台湾人责备,想不到台湾人到了海外也会如此,读《楼窗》想到普遍的人性。

"楼窗"的修辞仍然是考究的,大处着眼,语言风格似乎并没有明显的特色,人物对话总是那么长,以对话代替叙述和描写,好像作者一个人轮流替他们说,句法口吻并无明显的人物个性,也不在乎对话是否推动故事发展。"教现代小说二十余年,什么样的奇技淫巧都见过!"她当然知道这些,她一定故意这么写,周女士说,她以前的小说"容易读",是个缺点,要改变。有人发问:必须这样吗?大家想起有过小说读者必须受专门训练的时代,"正襟危坐读小说"的时代,"名著就是人人说好人人不看的书",那样的时代。

面对"楼窗",读者是靠层出不穷的警句支撑下去,例如:

等我们下一辈子,换一身干净的血液,一副新的躯壳,一定要好好相爱。

像我们这种东西南北人,空间都是四分五裂的。

我总觉得她像是对着什么东西着魔般,不顾一切往夕阳里冲去,把我远远抛在后面,让我觉得我的身体里面破了一个大洞。

"楼窗"也以气氛见长,书中多处第一流的描写,例如:

鸟园中大如狼狗的红鹦鹉聒噪着,音声如雷,身体却纹风不动,好像那声音与他无关,漠然如玩具。

能甜蜜地患着病也是幸福的吧。

男性之间的温柔,有一丝丝缠绵的味道。

这些句子,都有人吟诵叹赏。

"楼窗"虽短,对A镇风光,对朱湘的客厅布置,都有大段描述引人入胜,最后认真描写泰国的水灾,读到这等地方,你会因副目的忘了主目的,不再追求故事情节结构。

另外,我很爱读"时尚""笑脸""桃花"这三篇。

这个读书会由资深馆员谢济群主持,行之有年,华人感觉很亲切。今年这一连三次读书会,重点都放在"女性书写"。提起"女性书写"的前卫作风,年长的读者们大惊失色。他们说,周教授的这本小说虽然也涉及许多女性私密,将它们人性化、合理化,比较起来还是有节制,也许因为如此,这些私密素材"艺术化"的程度也高。序文中说:"人性的邪恶面探索到最后,让我们心灵瘫痪,美感尽失。"善哉善哉!教授到底是教授!

文章是人家的好

我说过,往事如在暗夜中提着灯笼行走,移动着一个又一个光圈,沿途看见你能看见的,感受你没看见的。

俄国出生的美籍小说家纳博科夫说得比我好:人生如一道短暂的光缝,介于两片黑暗的永恒之间。他说的两片黑暗,一片指出生以前,一片是死亡以后,境界非常阔大。

奥地利的作家茨威格说得更好,一生中记得住的日子比平常的日子亮度更强。写回忆录的人使这一连串互相隔离的闪光互相接近,形成大块光域,与芸芸众生共享,像兴奋的沐浴者共享闪亮的海水。我从来没有梦想过这个与众生共享的场景,也只有世界级的大文豪才当之无愧。

我仔细回味这些话。芸芸众生，有些人似乎从来没有从自己的生活经历中发现亮点，他的背景一片漆黑，他似乎浑浑噩噩地活过来、活下去，他似乎也有他自己的幸福，但是你跟这样的人从来不能分享什么、共享什么，你不能进入他的世界，他也不能进入你的世界。这样的人不写回忆录，多半也不读别人的回忆录。

另外有一些人，他能够回顾那个时间的黑渊，看见许多闪烁不定的萤火，很远，很渺茫。他不知道把这些光点放大，因之，他自己和我们都无法进入。你很难听到他讲自己的故事，或者他所有的故事都庸俗乏味，使你怀疑他怎么值得那样活过来，我们当然也不愿意跟着他的回忆走进去。这样的人即使写回忆录，也没有暗夜独行在荒野中望见篝火的那种张力。

如此这般，能够写回忆录的人就少了，能够写出可读性很高的回忆录，就更少了。正因为如此，我们才应该勇敢地投入，填补空隙。这时候你会发现写回忆录也许不难，只要注意跟那些人不同就好了。

我的四卷回忆录由"北京三联"出版简体字本，正赶上中国大陆的读书人重视历史和思想的著述，很受注意，前后有多家媒体访问我，逼问出一些新的思考、新的表述。

然后，大陆上的文友推荐几种外国作家的回忆录给我看，我发现许多地方心同理同，论修辞还是人家好。

奥地利大作家茨威格说，他写回忆录具备最优越的条件，"那剧烈的地震三次摧毁了我的家园生活，使我和过去脱离了任何关系，戏剧性的激烈动荡把我抛入一片空虚。……恰恰是流离失所的人才会获得一种新的意义上的自由。我成了时代的编年史上最大胜利的见证人。"

最近《世界日报（副刊）》以"幸运"为题征文，我思索我的幸运是什么。我想，我的"幸运"第一是离开家乡，没有让饥荒、传染病、偏激思想毁了我。第二是离开中国大陆，没有让"运动"毁了我。第三是离开中国台湾，没有让忧郁症、精神分裂毁了我。我很悲哀地发现，我的幸运居然是失去一切。那么我的生存意义安在？那就是，我得到茨威格所说的自由，充任时代的见证人。

我在我的回忆录第三卷《关山夺路》的后记中写下这样一段话："我再表白一次，我不能说跟别人一样的话。当年作家说话，……常跟蒋先生不一样，我们的同行因此付出多少代价！大家衣带渐宽终不悔。到了今天，朝代也改了，人也老了，儿女也变成外国人了，为什么还要做学舌的鹦鹉？为名？为利？为情？为义？还是因为不争气？"

苏俄的大作家爱伦堡说：只有在完全太平的年代才宜于缅怀过去。完全太平？黄河清？文王兴？我等不及了，我只能投入透支的太平，幻觉的太平，高利贷租来的太平。茨威格说："我正在绝望中写我的回忆录。"我不知道他的绝望是什么，我只知道，只有"一切放下"才是你写回忆录的时候。你放弃了以前那些效忠的对象，最后对芸芸众生效忠，为他们做时代的见证人。他人有心，予忖度之，我想这就是"绝望"的定义。

茨威格和爱伦堡的感受，居然也是我的感受，令人惊异。他们表达的方式又令我羡慕。

"这是晚霞、还是朝霞？自然界这种光线的混合持续不久，半小时或一小时。但历史并不这样匆促。我在双重光线的结合中长大，并在其中度过一生。"这是他的人生，也是我的人生，到了我的口中笔下："对日抗战时期，我曾经在日本军队的占领区生活，也在抗战的大后方生活。内战时期，我看见国民党的巅峰状态，也看见共产党的全面胜利，我做过俘虏，进过解放区。抗战时期，我受国民党的战时教育，受专制思想的洗礼，后来到台湾，在时代潮流冲刷之下，我又在民主自由的思想里解构，经过大寒大热，大破大立。这些年，咱们中国一再分成两半，日本军一半,抗日军一半;国民党一半,共产党一半;专制思想一半,自由思想一半;传统一半,西化一半;农业社会一半,商业社会一半:由这一半到那一半,或者由那一半到这一半。有人只看见一半,我亲眼看见两半,我的经历很完整,我想上天把我留到现在,就是教我作个见证。"

那几位世界知名的作家也都以见证人自许:"在历史的长途上布满了峡谷和深渊,因而人们需要那能把一个时代同另一个时代衔接起来的桥梁,即使是一些脆弱的小桥也好。"我在响应访问的时候多说了几句:"大陆上的读者见过大场面,读过大文章,他们的见闻阅历大大地超过我。可是那些年,我觉得他们怎么好像装在一艘很大的潜水艇里,深入海底,自给自足,与外界隔绝。一旦这艘潜艇浮出水面,外面的一只海鸥,一叶浮萍,都值得他看,都应该有人指给他看。我和他们活在同一时间,另一空间,一旦能够交通,但愿互诉衷肠。我并没有什么奇迹,什么秘密,但是,我司空见惯的,他们也许惊叹诧异,我理所当然的,他们也许不可思议,我百思不解的,他们也许早已成竹在胸了。这是两个世界叠合过程中必经的阶段,我的书可以有一点小小的贡献。"

爱伦堡在他的回忆录里说,契诃夫死后才十年,那些认识他的人就在争论他的眼睛到底是什么颜色，是褐色的灰色的还是天蓝色的。爱伦堡捕捉了无数小掌故，使他的回忆录趣味盎然，我也采用相似的写法。说到回忆录的真实性，我承认"所见异词，所闻异词，所传闻异词"。但是我也说有主观上的真实，有客观上的真实，也许客观的真实就是无数主观真实之总和。

当然，我们不能说，契诃夫的眼睛的颜色是褐色、灰色、天蓝色的总和。但是可以有另外一种情形：一个中国人，他的眼睛是白的，但是有人看见他的眼睛是黄的，那时他得了黄疸病，有人看见他的眼睛是红的，那时他刚刚哭过。所以说，这个中国人的眼睛曾经是红的，曾经是黄的，经常是白的。这就是客观的真实。我写回忆录，只要我所受如此，所想如此，所行所识如此，我就不辞讥笑，不顾怀疑，不避质问，不怕人微言轻，勇敢地提出来，希望有补那客观的真实于万一。

那个读书极多的大学问家说，他想写一本书，完全引用名言叙述而成。他设计的这本书，使我想起从前诗人的"集句"。我想，他读书多，发现什么意思都有人表达在先，而且修辞佳妙。不过，我想，今人仍然要写，写出好句来供后人引用。

五十年代，我还是一个文艺小青年的时候，指导我写作的张道藩先生一再叮咛："文章是别人的好"，他的意思是劝我们接受别人的意见修改自己的文章。张道藩，罗家伦，余纪忠，这几位先进大贤，都曾经在我的文稿上留下他们的手泽。后来我把这句话当作座右铭，加以延伸，它不但是我写作的态度，也是我阅读的态度。

文中引用名句出处：

纳博科夫：《说吧，记忆》，陈东飙译，时代文艺出版社出版

约翰·托兰：《历史捕影》，王毅译，上海人民出版社出版

斯蒂芬·茨威格：《昨日的世界》，舒昌善、孙龙生、刘春华、戴奎生译，生活·读书·新知三联出版社出版

爱伦堡：《人·岁月·生活》，冯南江、秦顺新译，海南出版社出版

念念中文

纽约晤王安忆

天涯若比邻，天涯究竟不是比邻。王安忆教授由上海到纽约来讲学，大家朋友集合听她讲话，是难得的因缘。纽约有这么多人想跟她见面，大家有一个共同的理由：她是用中文写作的小说家，我们同行的佼佼者；她扩充了中国文学史的篇幅，增添了中国文化的遗产，加强我们写作的信心；她是国际上有名的作家，来到纽约，是中国人的一个光环。

除了共同的理由，我自己还有个别的理由。想当年我是个文艺小青年，本来想写小说，写小说没学会，学会了写散文。回想起来，好像我到马戏团学空中飞人，失手摔下来，散文做了安全网，没有粉身碎骨。那时候，五十年代，台湾文坛看不起散文，认为散文是诗的原料，是小说的半成品。到了七十年代，台湾有了三家电视台，电视分散了小说的读者，增加了散文的读者，散文这才浮上来。我一直写散文，但是对小说家有秘密的崇拜，我是一切小说家的粉丝，更是王安忆教授的粉丝。

纽约是个英语的社会，倒是瞧得起汉语文学，尤其在莫言得奖以后。美国这个国家很奇怪，既要求移民融入主流，又要求你不要忘记母国的文化。一个黄皮肤黑眼睛的人，进了美国的主流社会，你不能只知道有荷马、艾略特，也要知道有屈原、李白；你不能只见过毕加索，也要见过石涛、八大；你不能只会敲电脑，也要能提起毛笔，否则人家瞧不起。我们能用中文写文章，他们还真有点另眼相看。有海水的地方就有中文作家，彼此处境不一样，我们在纽约比下有余，不敢妄自菲薄。王安忆教授！今天见了面，要把这些说给您听。

在这里，华文作家是孤立无援的，有人说我们在边缘，我觉得我们不是在边缘，我们在内层，我们在层层包围之中，四面都是海水，四面都是英文，我们散兵游勇各自为战，只有前线没有后方。陈九先生在他的专栏里面创了一个名词叫"文化飞地",我们是独坐幽篁里,弹琴复长啸。可是,王教授,今天您看到的这些人,都对汉语文学一往情深,为伊消得人憔悴。有人给文学算命,我们认为他算得不准,如果不幸真是那样悲观,今天这些人愿意做文学最后的一兵一卒。王教授,今天也要把这些说给您听。

欢迎王安忆教授,我也有些话勉励自己。我们读王安忆的书了没有?读了多少?古人说,读其书,不知其人,可乎?今天更应该说,知其人,不读其书,更是不可。《长恨歌》我读过,很佩服。她有一本书叫《小说课堂》,透露了小说家的一些秘密,我也看了,打了败仗的将军都偷偷的读兵法。只读这两本太不用功了,还得读第三本,有人告诉我要读《兄弟们》,高仲先生认为应该先读最新出版的长篇小说《匿名》。王教授这十九部长篇中篇,我是看不完了,读书要趁早,要及时努力,等到老眼昏花,后悔来不及。希望有人能把她的小说看完,一本本说给我们听,说她到底写了什么,满足我们的求知欲,好奇心。纽约有很多图书馆,有一个一个读书会,希望那里的人多读书,按部就班一本一本地读。

纽约这个城市,名满天下,谤亦随之。希望纽约市能给王教授很好的印象。据说纽约市百分之六十的人没有礼貌，希望她在纽约遇到其余的百分之四十。据说纽约市百分之七十的人不守秩序，希望她在纽约遇到其余百分之三十。据说纽约市的餐馆的大师傅常常坐在那里抽烟，不亲手做菜，希望她到馆子里吃饭的时候，大师傅的烟瘾都过足了。据说纽约市有些马路坑坑洞洞比人家多，希望她经过的马路刚刚修过。纽约市有七十万华人，良莠不齐，她遇见的应该都是最杰出的；纽约市是中文媒体最多的城市，她读到的文章应该都是最精彩的；纽约有两百家博物馆，她看到的应该都是她最满意的。

再过几天，王教授就要回上海去了，希望她回到上海，天天天蓝。今天世界文明大通分，地球像是一个村庄，但愿天涯可以成为比邻，纽约看上海很亲切，料上海看纽约也应如是。住在国内的人，上海就是他的纽约，住在国外的人，纽约就是他的上海，王教授回到上海，我们在心理上仍然和她住在一个城里。王教授！幸会了，但愿人长久，万里共文学。

我爱新书发表会

近来参加文学社团的活动，发现很多年轻朋友都是座上客,他们留学之余用中文写作,成绩可观,令人眼底一亮。以前,留学生来了,总是忙着投入新环境,学习新文化,总是觉得多读一本中国书,就少读了一本英文书,多结识一个中国人,就错过了一个美国人。现在怎么不同了?这背后起了什么样的变化?无论如何,我们乐见乐闻,中文作家不再是中年出国的余情余业,不再是花果飘零的残枝残红,伴随着另一些人与时俱进,一同走向他生命的升弧和顶峰,造成海外中文文学的新气象。

朋友说,这些年轻的作家都很有才气,并不接受老一辈作家的经验。我想,当然,有才气的人要走自己的路,古人称杜甫"无一句无来历",也许不能算是赞美,天才的大志是"无一句有来历"。我曾经有机会跟有才气的人讨论写作,我的建议他都没有采纳,天才是不听话的。为什么?《论语》说"闻一以知十",有人取个名字叫闻一多,也有人不能知十,只能知一,他取了个名字叫闻知一。闻知一天分低,闻一多天分高。闻知一,你告诉他一个选项,他只有这一个选项,就照做了,他听话。闻一多,你告诉他一个选项,他马上有十个八个选项,他没选你给他的第一个,他自己选了第五个或者第七个,看起来他不听话。

这里有很多知名的中文作家,都是闻知十、闻知八、闻知六七。他们起步早，作品丰富，遇到这样一个闻一多，也是难得的缘分，我想大家都会珍惜这个缘分，大家都会看着他，想着他，称赞他，劝告他，督促他，安慰他，多为他鼓掌。

朋友说这些年轻朋友笔下时时有新篇新章发抒新意，但产量不多。我想，有才气的人只对他没有兴趣的事懒惰。他也许对早晨起床后叠被子懒惰，对修改他的诗稿不懒惰。他可能进了百货公司懒惰，进了图书馆不懒惰。他在核对银行账单的时候懒惰，核对莎士比亚版本的时候不懒惰。希望他每天至少读一篇文章，每星期至少写一篇文章，即使颠沛造次，不管风雨阴晴。

写文章，不能逢年过节写一篇。不能儿娶女嫁才写一篇。不能等到日蚀月蚀写一篇。写作不是长周末去钓了一条鱼，不是百货公司大减价去买了一个皮包。写作是你兼了个差，天天要签到值班。写作是你信了个教，天天要打坐祷告。写作是你养了个宠物，随时想抱一抱，摸一下，看一眼，为了他早回家，晚睡觉，忘了吃饭。写作是一种痒，手痒，心痒；写作是一种瘾，就像烟瘾，酒瘾。写作教人牵肠挂肚，才下眉头、又上心头。写作是，你的生命一分一秒消失了，你不甘心。你对天地人生有发现，要给世界上的人分享。

你的生命有热情，办公室里用不完，厨房里用不完，还要找一个地方用。你品位高，不去大西洋赌城，你来华文作家协会，你爱中国的语言文字，爱中国的文化，唐宋元明清，金木水火土，为你铺了一条红地毯，你要在上面走走。

写文章也要及时，灵感如鲜鱼，会变坏。写作是感于物而动，写的是心情，人的心情会变化，题材也会过期作废。你看文学史上，多少作品产生的经过，作家发烧发疯，废寝忘餐，那是为什么？因为时乎时乎不再来。青年时想写没写，中年再也写不出来，中年想写不写，老年再也写不出来。你现在不写，留着它干什么，即使那是钱，也会通货膨胀，也会贬值，钞票也会改版，新钞票淘汰旧钞票。

要写得更好，恐怕先要写得更多，多写，可以写了不发表，不出版。可以现在写，将来再出版，不要等将来要出版了，临时再写。写作应该是你的最爱，爱写作，并不妨碍你爱别的，因为爱写作，所以你博爱泛爱。你爱天地山河，爱冷暖阴晴，因为那是你还没写成的诗。你爱黑人也爱白人，爱一条腿的人也爱撑竿跳的人，因为他们都会走进你的小说。你爱每一粒灰尘，包括它的影子。你爱自己写出来的书，也爱别人写出来的书。你常常觉得很快乐。

我现在不能写了，已经失掉了那种快乐，我还可以在别人写作的时候分享他的快乐。这个世界能让我们快乐的事不多，新书发表会是我们每一个人的快乐时光，希望我们的同行朋友多多创造这种快乐。

西风回声

九九读书会的朋友们，把他们的文章集合起来，出了一本《西风回声》，这么小小一本书，惊动了各位的大驾。

各位文坛先进，各位文化长官，各位同道同好，各位亲朋好友，都提倡中华文化，都护持中文文学，都在英语的环境里对中文特引宠爱，特别喜悦，在各位眼里，有人写一个"一"，和他写一个"One"，意义有很大的悬殊。我们沾了这个光，得到你们的偏爱，这本散文集，对中文文坛来说也许很小，今天在各位眼里可能很大。你们都是没有声音的老师，看不见的推手。

我们这些朋友，从一九九九年开始，经常聚在一起读书写作，并没有正式的组织。可是茶杯总得有个把手才好拿，为了叙述方便，慢慢地有了这样一个名称。十年以来，这个小小的读书会一度停止，因为我能讲给他们听的东西讲完了，他们的文章也都写得不错了。后来又有些人来找我,让我从头再讲一次,于是有人把前面这一段叫第一期,把当下这一段叫第二期。

他们各位都是资深的移民,都在美国奋斗有相当的成就,都在年轻的时候对文学有过爱好,有过梦想,中国文学在他们心里埋藏了很久很久,他们是冬眠的作家,现在醒了,张开翅膀可以飞了,他们可以走出教室,登上文坛,向中国作家报到,跟中国文学接轨。有几位文化长官,文坛先进,都向我表示这是他们希望看到的事情,今天举行的新书发表会上,我们又当面领受他们的祝福。

我们虽然有个名称,并不是正式的社团,虽然有上课的形式,大家的关系并不是老师学生,我们只是兴趣,只是因缘。中文是我们的通行证,金兰帖,中国文学是我们的同乡会,俱乐部。华文文学的读者是我们的兄弟姊妹,街坊邻居。

我们这些朋友大多数人都对英文下过功夫,有许多人曾经、或者正在美国主流的行业里工作,他们放下中文,拿起英文,又放下英文,拾起中文,中文英文在他们心里拉锯,对决。今天,对他们而言,这是中文的胜利,今天,他们刚从战场上回来,盔甲还没卸掉,向各位报告捷音,呈献战果。这也是各位文坛先进,各位文化长官,各位同道同好你们的胜利。

今天印刷术发达，出一本书很平常，中国大陆和香港台湾每年出两亿本书，两亿是多少？是两万万个"一"，我们也参加了一份，一本书有一本书的贡献，一本书有一本书的影响，我们是泰山的土壤，江海的细流。我们相信，有无数无量的平凡，然后才有一个稀世难逢的伟大。我们做的，都是为了迎接他，准备他来。

有时候为了叙述方便，大家也不得已使用流行的通行的名词。例如说，天下没有讲不完的课程，只有写不完的文章，没有不毕业的学生，只有不停止的创作。从今天起，他们第二期也毕业了，这本《西风回声》就算是他们的毕业论文，华侨著述奖的奖状就算是他们的毕业证书，今天的新书发表会算是毕业典礼，多么隆重多么漂亮的毕业典礼！这些朋友用昨天的别人，改进今天的自己，再用今天的自己，帮助明天的别人。"伟大"出现以前，"平凡"必须接力，他们已经准备好，可以入列了。各位文化长官，文坛先进，在纽约，你如果问哪些人对写作的方法知道得最多，别忘了他们，请各位继续关心他们，欣赏他们。

北美中文作协成立致词

今天黄道吉日，美国中文作家协会成立。这是大势所趋，也是众望所归。中文中文，这两个字写出来好看，念出来好听。中文，中文，我们要大字写出来，大声念出来。

中，你看这个字，大门敞开，中间康庄大道。

中，顶天立地，不偏不倚。

中，心胸广阔，坦坦荡荡。

中，竖起标竿，高山仰止。

中，翅膀张开，我欲乘风归去。

我们爱恋中文，拥抱中文，心疼中文。

在纽约，有人喜欢问我们"你是从那里来的"？而今而后，可以告诉他，我是从中文来的。中文是护照，诗经楚辞唐诗宋词明清小说是血统证明书，四声反切是乡音，方块是胎记，中国文学史是家谱。"君家何处住？妾住在横塘"，大家海内知己，一见如故。

我们都是中文的传人。

中文是故乡，中国文学是家谱祠堂。

中文是宗教，中文写作是念经祷告。

中文是恋爱，中文阅读是海誓山盟。

中文是基因，中文作品是子孙后代。

中文，中文，我们是千丝万缕，千秋万世，千劫万难。中文，你是我戒不掉的瘾，看不够的风景，还不清的债，做不完的梦。

中文在上，我们立下弘誓大愿：

文心无语誓愿通，文路无尽誓愿行，

文境无上誓愿登，文运无常誓愿兴。

今天我们精神抖擞，信心饱满。中文是我们的兴奋剂，从今天起，一提起中文，就是这个样子。

中文作家，最擅长使用中文的人，一切洋文皆为中文所用，一切古文皆为今文所用，人人尽一切聪明才智，化一切精神力气，才气大，集其大成，才气小，集其小成。

而今而后，有中文作协鼓励督促，发扬提倡，交流互补，躺着的人坐起来，坐着的人站起来，站着的人走起来，走着的人跑起来。中文，中文，一条康庄大道，一条咸阳古道，一条通罗马的正道，一条你我大家的同道。今生今世，念兹在兹，勇猛精进，贯彻始终。

北美中文作家协会，千呼万唤，你来了。为作家服务，为文学尽心，为生民立性情，为万世开文采。

我学习的三个阶段

（一）文从字顺

清朝有一个读书人名叫陈沆，嘉庆年间中了状元。有一次，皇帝问他一共认识多少字？他回答："臣识字不多，用字不错。"这个答案漂亮，对皇上谦卑，对自己肯定，两面都顾到了。

我们白话文作家，比起当年埋首在文言古籍里的读书人，大概识字不多。就汉字的总量而论，1994年出版的《中华字海》，收录了八万五千字，北京的国安信息设备公司汉字字库，收录了九万一千字，我们能认得多少？

虽然识字不多，既然以写文章为专长，应该用字不错。必须说明，这有两个尺度，在文字学家眼里，我们用字常常错，总是错，所以早期的国学大师说，写白话文的人都是文盲。这个尺度是学术的尺度，今天且休管它。还有一个尺度，这个字大家都这么用，虽然和《尔雅》《说文》不合，当代的汉语词典也收进去了，这叫"约定俗成"，我们都约好了：说一匹马，一头驴，不说一头马、一匹驴，我们说黄埔军校，人民大学，不说黄埔军学、人民大校。所谓用字不错就是没有违反约定俗成，这样写出来的文章算是"文从字顺"。

文从字顺是写作的基本条件，有些文字工作者居然没做到，而且其中有名家名作。中文《圣经》有多种译本，我从小诵读的版本叫官话和合译本，又叫国语和合本，由圣经公会印行，这是销路最广、使用者最多的版本。这个译本是新教在中国发展的大本，但是教内教外都有人不满意。教内的人从神学观点出发，姑置不论，教外的人总认为文法语法上的瑕疵太多，没有"经"的风格。

例如《使徒行传》第二章第二十四节："神却将死的痛苦解释了，叫他复活。"在这里，"解释"一词恐怕是用错了。新译本的译文是："上帝却把死的痛苦解除，使他复活了。"比较一下，"解除"合乎约定俗成。现代中文译本译得更好："上帝使他从死里复活，把死亡的痛苦解除了。"单词"死"改成复合"死亡"，又把那个生硬的多余的"却"字拿掉，很顺当。

例如《启示录》第十三章第十二节："死伤医好了的头一只兽"。

这句话的主词应是那一只兽，它受过伤，医好了，至于那个"死"字，现代本的译文是"那曾受过致命重伤又医好了的头一只兽"，新译本的译文减少了三个字，"那受过致命伤而医好了的头一只兽"，比较简洁。受过伤，"过"字已经表现了时态，"曾"可以省去，致命伤即是重伤，"重"字可以省去。"又"字表示由受伤到医好之间的转折，留下来比较好。

例如现代本《约翰福音》第一章，施洗约翰看见耶稣来了，马上对现场的听众说：

"看哪！上帝的羔羊，除掉世人的罪的，这一位，就是我说过'他在我以后来，却比我伟大，因为我出生以前他已经存在了！'那一位。"

除非营造特殊效果，我们说话作文都不会使用这样冗长的句子。依照我们大多数人的习惯，应该是"看哪，上帝的羔羊、替世人赎罪的羔羊来了！我以前说过，他来得比我晚，但是比我伟大，因为在我出生以前他已经存在了，我说的就是这一位。"

那样臃肿的句法，一个长句里面包含几个短句，应是"直译"造成，翻译对白话文学有许多正面的影响，也有负面的作用，那样的表达方式看也看不明白，听也听不清楚，白话文学号称"我手写我口"，我们的日常语言没有这种造句，白话文学又期许"国语的文学，文学的国语"，将来中国人说话也不需要这种句子。这是翻译对白话文学的连累，除非有特殊需要，我们要提高警惕，预防感染。

说到感染，我们接触电视和网络的机会更多，电视作业的时间仓促，网络没有"守门人"过滤，文字的瑕疵常见。"太阳眼镜不是有色就好"什么意思？没有颜色才好？看后文，才知道太阳眼镜的颜色有讲究，户外活动者适合茶色、灰色、墨绿色的镜片，夜间骑单车者适合黄色镜片，计算机族适合粉红色、橘色、蓝光镜片，"不是有色就好"。这么说，一个人需要好几副太阳眼镜，想好好的保护眼睛还真麻烦，想文从字顺也不能马虎。

你或许会说，太阳眼镜当然有颜色，读者又不是没见过太阳眼镜，大家语境相同，怎么会有误解？那么请看另一条新闻的标题,记者报道某歌星的近况,说是"专辑不卖",不卖?非卖品吗?唱片公司既然录制了专辑为什么又不卖?专辑明明摆在商店的柜台上橱窗里,怎么会不卖?原来是卖不掉,并非不肯卖。戏院的生意差,可以说不卖座,这个"不卖"是卖不掉,舞女不卖身,这个"不卖"是不肯卖,上下文决定"不卖"的意义,彼此不能通用也不能转移,专辑不卖只可能表示卖不掉,这是约定俗成,尽管理所当然,还是要文字健全。

说到文字健全,奉送新闻界的一个小掌故。某地为了救灾,发起"万人健行募款",召唤大伙儿上街游行,沿途请路旁的商家住户捐款,仿佛出家人沿门托钵。为了拉抬声势,主办单位特意邀请一些名人参加,所以张三来了,李四带着太太也来了,第二天,报纸特别在新闻标题里面写出他们的名字,说是"张三李四伉俪参加"。在健行募款的队伍里,张三和李四伉俪本是三个人,看新闻标题,张三和李四是夫妇二人,这两人都是男子,怎么成了夫妇,难道他们搞同性恋?难道同性恋在这里合法了?当然,就事实而论,张三李四都是小区名流,读者大众怎会误解他们是夫妇?美国人会误以为奥巴马和克林顿是夫妇?不过,就写作而论,这是病句。

病句，名家笔下未能尽免，作者的大名不可说，仅仅借鉴他们的文句已经是冒犯了。例如：

"身材瘦削素昧平生的中年妇女安慰着对我说……"

"安慰着对我说"，用安慰的语气对我说？想安慰我，她对我说？对我说："……"，她这样安慰我？都可以，何必写成那个样子？

"由于从小爱好文学的原因……"

由于从小爱好文学？因为从小爱好文学？"由于"和"原因"有一个就够了。有人写成"由于从小爱好文学的缘故"，倒是约定俗成了，但是并不值得模仿。

"在恼人凄清的天气，不能享得这般浓福，则你们一瞥时的天真的怜念，从宇宙之灵中，已遥遥的付与我以极大无量的快乐与慰安！"

这位大作家出门在外，孤身一人，想到那些小朋友都在家中享受天伦之乐，于是说，如果你们在欢笑之余能偶然想到我，即使这个心念一眨眼工夫就消失了，心电感应，你们也能把快乐传递给我，让我分享。

他不说这么大的福气，他说"浓福"，不说忽然，刹那间，他说"一瞥时"，白话文不再使用的那个"则"字，还舍不得换成"那么"或"那时"。

"我们自动的读书,即嗜好的读书,请教别人是大抵无用,只好先行泛览,然后抉择而入于自己所爱的较专的一门或几门。"

作者主张凭兴趣读书,也就是以读书为个人的嗜好,凭嗜好读书写成"嗜好的读书",有欠商量。"入于自己所爱的较专的一门或几门",平易一点,就是"你喜欢哪一门再入哪一门",何必个人色彩那样强烈呢!

英文里头有句话,"老狗不学新技",胡适处处提倡白话,他在引用这句话的时候,说成"老狗学不会新把戏"。有学问的人说,英文里头还有一句话:"狗永远不会老得到了不能学新把戏的地步。"这话更有意思,可是这句中文是很差劲的中文,这样的句子欠"顺",我们不必"从"。想想看,换个说法怎么样?老狗仍然可以学新把戏?狗无论多么老,都还有学习的能力?

(二)意新语工

"写文章无非两个问题,一个是写什么,一个是怎么写。"这是我们通俗的说法,如果把学者的语言搬过来,一个叫"内在的构意",一个叫"外在的构词",构,就是营造，修辞造句固然要选择锻炼，起心动念也得导引升华。这一步，前贤称为意新语工，内在的构意求新，外在的构词求工。"工"是内行，是到位，是达到技术上的高度要求，你看跟"工"字合成的那些词，工巧，工整，工稳，工致，工丽，工绝，也就思过半矣。

这一步功夫，通常是在你我做到了"文从字顺"之后，更进一步的突破。文从字顺是这句话别人怎么说，我也怎么说，这是一个必经的阶段，但是作家不能停留在这个阶段上，前面还要行远登高，要做到与别人不同，构意不苟同，构词也不雷同。当然并非完全立异，要在重要的地方标新，我们是同行，我们做一样的事情，但是有些东西我有、你没有，当然，也有一些东西你有、我没有，大家各有特色，大家才都有一个席位。

多少人回忆小时候用毛笔写字的经验，写成散文，现在来看看宣树铮怎样构意和构词。他幼时写毛笔字从"描红"开始，描红的"红"是学习的范本，楷书大字用红色印刷在纸上，描红的"描"是学童用毛笔蘸墨压在红色的笔画上，黑色的部分要正好把红色的部分盖满，不露红，也不超出。学童练字多半不能一气呵成，分心的事情耽误了时间，毛笔的笔尖就干燥了，那时流行的习惯是把笔尖含在嘴里让它软化，书香之家的孩子放学归来，嘴唇多半留下墨痕，就像油漆匠收工的时候裤管有油漆，厨房丫头上菜的时候衣襟上有几滴酱油。宣树铮说，他描红的时候"往往连自己嘴唇上的两片红也给描了，"这句话漂亮。

描红的阶段过去了，以后是临帖，"帖"是名家书法的复印品，写字的人一笔一画模仿它，你这时写字只用一张白纸，帖上的字好像在这张白纸上显影了，老师要求你照着字帖一遍一遍的写，直到你写出来的字跟它一模一样。这是深化了的描红，精神上的描红，没有描红那样轻松，手心出汗，前胸后背也出汗。那时宣树铮临柳公权的"玄秘塔"，柳公权的笔画如一张拉满了的弓，比画起来加倍辛苦，他说天天早起"爬"玄秘塔，这个"爬"字用得漂亮。联想一下：如果临摹颜氏家庙碑，也许恨不得一头碰死在碑上，如果临摹九成宫，简直等于做了不见天日的宫女。

宣树铮的文章继续说，三年以后他换了老师，也换了习字的模板，他临摹陆润庠的"晚游六桥待月记"。改换字帖的原因可能是，陆润庠是苏州状元，宣树铮是苏州人，同乡相亲；陆氏的楷书工整之中有柔美，接近宣树铮的气质。"晚游六桥待月记"是一篇短文，原作出于晚明三袁的袁宏道之手，陆氏略加改变，为后学留下一部楷书的习字帖，"晚游"的地点是西湖，文章潇洒得很，这样临帖的压力就小了。宣树铮天天上书法课，他和帖中每一个字如此亲密，每一个都对他发酵，对他孵化，他流连于文字幻境之中，宣氏自己的说法，他"以笔作舟，游了三四年西湖，直到小学毕业"。小孩子学写毛笔字本来有些"不堪回首"，宣树铮的构意童趣盎然，构词也别出心裁，以致平凡的经验变得新鲜特殊。

一个人若是想做书法家，他不能永远临帖。临帖的人可以把帖上的每一个字写得很好，但是他不能（或者不敢）写碑帖上没有的字。当年《北京晨报》的文学副刊请一位擅长隶书的名家题字，隶书中没有"刊"字，他就把副刊写成副镌，刊、镌读音不同，都是砍削的意思，也都有雕琢的意思，后来也都有刻字的意思，在木板上刻字或者在石头上刻字。其实隶书是某种特殊线条组合成的某种特定的形体，临帖是为了掌握二者的奥妙，等到得心应手，你可以用那种线条和形体的美学原理写一切汉字。这位书家的态度恐怕是太保守了吧？也好，他这么一"尊古"，给我们的新文学史添了一则掌故。

若把书法比文学，只写碑帖上有的字，就是文从字顺，也写碑帖上没有的字，就是意新语工，这两者在学习过程中有分歧。有一个学生托他的哥哥买萝卜糕，买回来的是萝卜干，这学生在作文里面记述经过，自称是"一念之差"，老师批评他用错了成语，这就是追求文从字顺和追求意新语工有了冲突。萝卜糕错成萝卜干，"糕"和"干"双声，诉诸听觉容易混淆，所谓一念之差是口中出声的一念，不是心中无声的一念，一字双关，以前的确没人这样用过，现在作者要扩大这句成语的含义，老师认为违背了这句成语的原义。通常语文教师和文学刊物的编辑都捍卫语文成规，作者总是尝试突破，现在网络没有人把关，就成了实验新语言的大杂院。

原则上，追求意新语工应该受到鼓励，以前没人"爬"玄秘塔，我们赞成宣树铮去爬，以前没有人"绿"江南岸，我们赞成王安石去绿。以前也没见过像企业家李嘉诚这样说鸡蛋："从外面打破是食物，从里面打破是生命"，我举手赞成，低头观摩。

意新语工有时不可兼得，作家退而求其一。春天，江岸生出青草，并没有什么稀奇，"春风又绿江南岸"语工而意未必新。企业家李嘉诚说："鸡蛋，从外面打破是食物，从里面打破是生命，"每个家庭主妇都知道，只是没人像他这么说过。"老，不是一个阶梯、一个阶梯退化，有时候，经常是一层楼一层楼崩坍。"这话是简嫃说的，是啊，我们见过多少老人，摔了一跤，或者进了一次急诊室，前后就不是一个人了。"恶人像秋天的红叶，不是生成的，是变成的。"这话是谁说的？是啊，我们念过多少遍，"人之初，性本善，性相近，习相远"啊！意新语工，得其后者。

清嘉庆、道光年间张素含写的《蜀程记略》，记述张素含过河南荥阳，想起当年楚汉相争，刘邦在此几乎被俘，幸而刘邦左右有个纪信，相貌和刘邦相似，他冒充刘邦开城投降，转移了项羽的注意力，刘邦得以脱围而出。项羽大怒，活活地烧死了纪信，而刘邦对这件事似乎并未放在心上，于是诗人下笔有一个崭新的角度，却用传统的七绝来表达，意新语工，得其前者：

走刘误项拼身焚，围解荥阳第一勋。
功狗功人都记忆，如何忘却纪将军？

四川省书画学院《岷峨诗稿》，四川多山，诗人咏山，孔凡章"山共松涛涌"，白话文"山是凝固的波浪，浪是沸腾的山峰"。马识途形容群山"踞似猛虎卧似龙"，历史掌故有李广射虎，成语有龙盘虎踞。张素含《蜀程记略》，

"乱后过剑州"，"历乱白杨新战骨，模糊焦土旧兵坛。"以白杨喻战骨，使人有身历其境、毛骨悚然之感。旧兵坛因风雨剥蚀，因而"模糊"，诗人想到的是战火造成的焦土，战火惨烈，可见一斑。剑州在四川北部，官军平白莲教之乱，在此杀戮甚众。以上这些诗句的意境前人都有，诗人用自己的修辞造句。

新诗人对"语工"有重大贡献，提供了很多教材。简政珍写"咳嗽"，杜甫说凉风起天末，他说"当天气讲风凉话的时候"，莎士比亚说他的呼吸和她的呼吸接吻了，简政珍说"母亲接收幼儿哈欠里温暖的细菌"。接下去：咳嗽的母亲／必须北上看她的母亲是否也咳嗽／一群雀鸟度量了人间荤食的版图后／在电线杆上群集／准备迎接南下候鸟的／咳嗽，连"意新"也有了。

美国副总统号称"汽车的第五个轮胎"，除非他后来继任大位，否则难免默默无闻。有一位副总统却因为意新语工留下佳话逸事，流传不衰。他说，在婚礼中，他希望是新娘，在葬礼中，他希望是尸体。他的意思是做事件的重心，众人注意的焦点。做新娘，我们想得到，做尸体，那就匪夷所思。他去参观一所幼儿园，对一群四岁的娃娃讲话，他问："有四岁小孩想当副总统的没有？"举起一片可爱的小手,他又问:"有副总统想当四岁小孩的没有?"全场愕然,只见他自己慢慢地举起手来。

(三)言近旨远

也有人写成"言近指远"。言,说出来的话、写出来的文字。近,眼前景、身边事、现实生活。旨,你这些话、这篇东西的含义。远,除了语言文字本身的意义,还有脱离了、超出了语言文字,自行延长、升高的意义。人人都有这样的阅读经验:我们被一篇文章吸引,文章结束了,作者并没有把话说完,我们放下书,可是并未退出那篇文章,我们参与进去,发挥一番。读者喜欢这样的文章。

请看林文月《翡冷翠在下雨》的结尾:

> 这时有钟声传来。发自远方近方,大大小小各寺院的钟声齐响,每一个行人都习惯的看一看自己的手表。
>
> "请对时吧,这是五点半的钟声。"
>
> 我也看了看手表。一点三十分,这是台北的时间。有一滴雨落在表面上。

翡冷翠是意大利的文化古城，旧译佛罗伦萨，诗人徐志摩给它换了一个很美的中文名字。林文月女士这篇游记以钟声报时、游客对表结束，本来平淡寻常，可是她的手表仍是台北时间，虽然"大大小小各寺院的钟声齐响"，好像外面的压力很大，她也只是"看了看手表"，并未拨动时针，这个写法与众不同，耐人寻味。

为什么自己的手表还是台北时间？行程匆忙，忘了调整吗？为什么远近高低、四面钟声提醒，仍然没有行动呢？有人可能联想到故土意识、故土中心，在扰攘的处境中定静。这天翡冷翠微雨，她看表的时候"有一滴雨落在表面上"，神来之笔，戛然而止。只有一滴雨，表面虽小，还可以承受这一颗水珠，玻璃表面上更显出晶莹，动人心弦。忧国伤时的读者，可能联想到一滴清泪，周梦蝶的粉丝，也许顺口诵出"直到高寒最处，犹不肯结冰一点水"。……这些都是读者的事，其中可能与作者的意思暗合，也可能全不相干。

林清玄《水牛的红眼睛》很精短，适合举例：

> 有一次，我和一位农人与他的水牛一齐下田，我看到那头水牛的巨眼是红色的，像烧炙过的铜铃。我问起

那位农人，他说："所有耕田的水牛都是红眼的，因为它们被穿了鼻环。"

据说很久以前，当水牛没穿鼻环、没有下田的时候，它们的眼睛是黑白分明的，在耕田以后，它们没有流泪，却红了眼睛。

读这篇文章我立刻想起水牛的鼻环，那是两个鼻孔之间最敏感的部位，狠心的人从那里打个洞，牛从此戴着僵硬的刑具，任人驱使，对一个十岁的幼童也要服服帖帖，看到它永远发炎的眼睛，设想它在心理上、生理上受到永远的伤害。可怜的水牛，一代又一代，什么时候才得到解救呢？

海明威告诉我们：文字越简练越好，文字背后隐藏的故事越复杂越好。

我没有仔细观察过水牛。我见过全汉东画的牛，一群牛从黑暗里向我冲过来，牛眼瘦长，大约呈三十度锐角向上翘起，每一双眼睛都红，都有火，我还以为是田单的火牛阵呢。我想那是仇恨之火，它们终于集体暴动了，画家在替他们鸣不平。人是万物之灵，也是万物之敌，人愚弄奴役一切动物，例如狗，狗夜晚睡眠的时候用尾巴掩住鼻孔，人把狗的尾巴剪短，用它看家护院，它终生不能安眠……

历史上，某些人中豪杰同样用许多手段愚弄奴役苍生黎民……

画家自己什么也没说，任凭我们各自解读，所以人们喜欢画家。寓言本来也有这样的效果，可是《伊索寓言》每一篇都把结局固定了，龟兔赛跑一定是怎样怎样，乌鸦搬家一定是怎样怎样。有人不看他对龟兔赛跑预立的标准答案，自己设想各种可能，这一龟一兔反而流传更广，寿命更长。

也有一些文章，作家把要说的话都说了，他没有直截了当说出来，他用了一些间接的手法，例如他用比喻。

有些话只有表面的意思，两个人见了面，打个招呼，说一句"今天天气很好"，天气就是天气，没有别的。苏格拉底挨了太太一顿骂，然后太太端起一盆水来倒在他头上，他向朋友解释：天气不好，先打雷后下雨。他说的天气就是一个比喻了。

《三国演义》记述赤壁之战，周瑜决定用火攻对付曹操的战船，当时两军对峙，火攻要有东风助势，可是冬天怎会有东风？于是周瑜请了病假，不去办公，拖延时间。

那时诸葛亮在东吴作客,前往探病,两人也谈到天气。诸葛问,都督何以忽然病了?周瑜说"人有旦夕祸福"嘛,诸葛亮接一句,岂不闻"天有不测风云"?天有不测风云,人有旦夕祸福,本是古老的的成语,两句相连,周瑜、诸葛一人说了一句,周瑜是实话实说,诸葛是话中有话,暗示风云变幻难测,冬天未必没有东风,周瑜一听,自己的心事,也就是东吴的军事机密被人家说穿,马上脸色变了。

《三国演义》另有一段记载,东吴的张温奉派到西蜀作友好访问,遇见秦宓,两人有一番问答:

张:天有头吗?(天下有最高领袖吗?)

秦:有头。(有最高领袖。)

张:头在何方?(领袖在哪里?)

秦:头在西方。(领袖在西蜀。)诗经说,"乃眷西顾。"(天的眼睛看着西蜀。)

张:天有耳朵吗?

秦:有耳。诗经说,"鹤鸣于九皋,声闻于天。"(鹤在水泽里叫,天能听见。)

张:天有脚吗?

秦:有脚。诗经说,"天步艰难。"(上天行走很困难,没有脚怎么行走?)

张：天有姓吗？

秦：有姓。

张：姓什么？

秦：姓刘。

张：怎么知道姓刘？

秦：我们蜀国的国君是天子，天子姓刘。

张：日出于东。（新朝代已在东方兴起，那就是我们东吴。）

秦：日出于东而没于西。（你们如果侵略西蜀，一定灭亡。）

这一问一答，表面文质彬彬，内里针锋相对，谜面是茶余酒后闲扯，谜底是外交气势、国家颜面。

二次大战期间，英国首相丘吉尔文采武略，倾倒一时，每有大事临头，新闻记者追着他问长问短，他常常说："留着一半让敌人去猜"。我们写文章，要明白晓畅，也要有余不尽，让读者有参与的空间，套用丘吉尔的话，"留着一半让读者去想"。明白晓畅是已经写出来的部分，有余不尽是没有写出来的部分，两者并不冲突。

有时候，作家利用语言文字的歧义。一个字或者一句话，可以是这个意思，也可以是那个意思。有位老太太想把她的房子分出一间来出租，房客限单身一人。某男士看见出租广告，来了，某女士看见出租广告，也来了，这两个要租房子的人并不认识。房东老太太打开大门看见他们俩，声明不租给结了婚的人，来租房子的某女士连忙声明："我们并没有结婚。"房东老太太大惊："没结婚？那我更不租给你们了！"你看，老太太说的话和某女士说的话都有歧义，我说出来的是这个意思，你听进去的是那个意思。

歧义本来是沟通的大忌，语文训练要努力预防，可是，有时候，使用语言文字的人又故意操作歧义，产生更好的效果。历史上楚汉相争的时候，汉军的统帅韩信可以左右政局的发展，谋士蒯通来替韩信看相，他说："将军之面，位不过封侯，将军之背，贵不可言。"面，韩信的脸，另一个意思是做臣子，听命令；背，人体的另一个生理部位，也可以解释为违反，脱离，蒯通是来劝韩信自己做开国的君王。当时的语境和两人的身份，蒯通不能用大白话直接说出来，他用"面"和"背"的歧义曲折表达，等于使用密码。文学训练有一个项目，就是从预防歧义进一步到制造歧义，使歧义成为我的表现手法，歧义可以使读者的思路活跃起来，想得更多。

据说，二次大战期间，希特勒决定进攻法国，法国自付必败，决定投降，事先派人去见英国的丘吉尔，说明苦衷。丘吉尔听完来使的陈述之后，他用法文说了一个字，这个字可以表示"理解"，我知道你为什么这样做，也可以表示"谅解"，我同情你必须这样做，两者有很大的差别。法国人一听，他们盟国的老大哥可以"谅解"，就放心投降了。有人说，丘吉尔故意模棱两可，让法国去选择"谅解"，他自己保持"理解"。

《新约》记载，有人问耶稣是否应该向国王纳税，那时耶稣鼓吹建立地上的天国，这一问来者不善。耶稣教那人拿出一枚钱币来，问他钱币上面的人像是谁，当然是国王，于是耶稣说，上帝的归上帝，国王的归国王。（原句是恺撒的归恺撒。）钱币，人像，都是具体事物，"上帝的归上帝，恺撒的归恺撒"把调门拔高了，把视野扩大了。那人提出来的是"个案"，耶稣提出来的是"通则"，一个通则可以包括许多个案，包括钱币，包括纳税，包括世俗的许多权力，他一句话化解了精神世界和物质世界的冲突。据说后世的教会根据耶稣的这句话，建立了"政教分离"的原则。

秦观有一首词，开头说"纤云弄巧，飞星传恨，银汉迢迢暗度"，这是说牛郎织女的故事，具体。紧接着"金风玉露一相逢，便胜却人间无数"，这把调门拔高了，把视野扩大了，几乎连你我也包括进去了。这首词分成两段，下一段（下片）的开头也是说牛郎织女小两口儿，很具体："柔情似水，佳期如梦，忍顾鹊桥归路，"后来也忽然拔高："两情若是久长时，又岂在朝朝暮暮？"俨然建立了一种爱情哲学，天下后世多少梁山伯和祝英台，多少罗米欧和朱丽叶，都从这里找到支持。

一篇散文，以文从字顺为基础，篇终有言近旨远的效果，中间时时闪耀意新语工的光芒，这就是一篇及格的散文了吧？

废园旧事今犹新

念慈乡兄以九三高龄福寿全归,依例称为喜丧,消息传来,我仍然难以接受,他的身体一向比我好,好很多。

我到台湾后不久,在广播公司找到工作,上班没几天就来了他这第一位访客,体形魁梧,宽肩厚背,一副很有担当的样子。九月,天气还很热,他穿圆领汗衫,浓眉大眼,没刮胡子,一张脸很像某一张照片上的海明威。一握之下,久仰大名,他正在写《木板屋诗抄》,当时的读者把他定位为诗人,他在广播公司有熟人,顺便看看我。

他是我的第一位访客,所以印象特别深刻,交谈的时间虽短,交换的讯息却很难得。他也是抗战时期的流亡学生,到兰州去读师范大学;他也是军人,中央军校出身的军官,曾在鲁籍名将李仙洲麾下服务,我读流亡中学时,李将军是我的"校长"。念慈乡兄比我年长三岁,读过军官学校,带过兵,上过战场,各方面比我成熟,引我倾慕。就在那一天,我问他为什么不写小说,我说,"我们的事情,诗怎么能说得清楚。"他的回答是小说也在写,我对写小说的人一向羡慕崇拜。不仅如此,不久他到台湾中部的实验中学去教书,我的弟弟妹妹都是那个学校的学生,这样日积月累,彼此有了说不完的往还。

五十年代,我这位乡兄出版了十本小说,产量丰富。那年代,从中国大陆漂流来台的小说家多人,也都以非常的生活经验形成创作冲动,写作十分勤奋,情势如兄弟登山,各自努力,瞻之在前,忽焉在后。一九六二年,念慈兄出版长篇《废园旧事》,在我心目中他杀出了重围。故事背景是对日抗战时期,国民党支持的游击队和共产党组成的游击队不能并存,小说由国民党派出一位正式军官去担任某一支游击队的参谋长开始,"废园"是当地大绅巨室雷家的花园,"旧事"是两支意识形态水火不容的游击队在这座花园内外的主力决战。当时国民党军支持的那一支游击队发生内争,形同分裂,参谋长的首要任务是予以整合,内争的原因是游击队的一个重要人物遇害，参谋长必须赶快破案擒凶，消除内部矛盾。

我觉得这个题材对小说家有三个挑战，第一，看他怎样写雷家花园，这得状物写景，胸中大有丘壑。第二，看他怎样查出命案真相，这要有编织情节的能力，富于想象。第三是最后决战，要全局的战术思想与个别的英烈行为兼顾，涌现小说的最高潮。我觉得写这样一部小说难度极高，而我的乡兄固优为之，尤其他写那座废园，格局极大，原始规划经纬分明，一支笔先随着新任参谋长的视域一线展开，逐步深入，到了相当的程度，再随着这位参谋长的了解作"面"的俯瞰，后面一连串情节的伏笔也就布建完成了。雷家花园使我想到贾府的大观园，大观园万紫千红，雷家花园大木参天，大观园月夜飞起一只大公鸡，雷家花园白昼跑出来野兽。大观园是南国风光，盛时绮丽，废时颓靡，雷家花园是北地气象，盛时雄伟，废时肃杀。这种对照比较是很好的功课。

广播公司有个节目叫"小说选播"，那时每周一次的广播剧拥有极高的收听率，"小说选播"不啻是广播连续剧（那时还没有电视连续剧），小说一经选播，销路大增，一时盛况至今犹为白头宫女津津乐道。我抢先把《废园旧事》送给公司，排上档期。第二年，他的《黑牛与白蛇》接着出版，也成为"小说选播"的重头大戏，其间经过却有曲折，这时，广播公司节目制作的管道上多了一个人，这人为彰显自己的存在，阻挠我的安排。那时念慈兄小住台北，我劝他到广播公司拜访这位仁兄，走个过场，他立即拒绝。

当然，我们节目人员最后还是取得共识，《黑牛与白蛇》如期播出，而且获得更大的成功。今天思念旧人，重提旧事，为了谈一谈他的个性。我们乱世为人，飘蓬飞絮，想不到他还是棱角分明。有人告诉他，某公提到他的名字，甚表欣赏，劝他送一本书给某公加深印象。此人叮嘱赠书题款时上款称公，下款称晚。念慈兄当时不置可否，后来我问送书了没有，他说当然不送。"为什么"？他说签名时那个"晚"字他写不下去。我说某公曾为大学校长，内阁部长，年龄几乎和我们的父辈相当，我们还不算"晚"吗？他的态度依然坚决。那一次，我发现他的性格和我是多么不同。

他在好几个学校教过书，有一次，某校的校长刻意跟他谈到他的伯父杨展云先生，杨展云是山东有名的教育家，尤其是抗战时期主持流亡学校，接引陷区青年，培养国家元气，历尽艰难，来台湾后深受朝野尊敬。念慈一听滋味不对，马上正色回应：我在这里教书是凭我自己的本事，不是靠我伯父的面子！那校长讨了一个很大的没趣。

我和朋友相处，常想有什么可以回馈对方的没有，咱们无珠无玉，有时只能赠人以言，我的"圭臬"，可能是别人的垃圾，在我们这位同乡那里我是碰了不少软钉子，但是至少有一件事情他接受了我的规劝。我不止一次告诉他，媒体采用我们的文章，绝非发展文学，培养作家，他们的业务里头没有这一项，他们是为了自己的需要才有副刊，才设立文艺节目，他们忙于采花摘果，他们无暇撒种培苗，我们得常常替那编辑设想，那编辑得常常替报老板设想，他的需要和我们的旨趣互相叠合的部分，那才是我们的空间，我们得耐着性子寻找这个空间。有一天晚上我跟他大辩论，第二天他写了一封表示我言之有理，这封信我保存下来了。

两个性格不同的人相处久了，碰撞多了，就会互相渗透，慢慢地，我也受他的熏陶，以前不为的，我也为了，以前不守的，我也守了，有时跟人较起劲来颇令人刮目相看。一个人的行为模式不能让人整理出规律来掌握操纵，总得常常教他猜不着。那时新闻界名人张继高时而言谈微中，有一天，他意味深长地对我说："一个人，若是常常不耐烦，那就表示他的前途成就到此为止了。"

是的，我是到此为止了，有个机会可以出国。我并没有通知他，没有通知一切亲友，不知怎么他在中部得到消息，跑到台北来看我。他认为我不应该出国，他没错，那一条一条不该出国的理由我都知道，可是我也应该出国，那一条一条应该出国的理由他不知道，他的理由说得出来，我的理由说不出来。相交三十年，那一刻，我觉得我和他中间隔着一重山。

出国就像一个打牌的人离开牌桌，许多因缘断了，有时想念他，恍如雾里楼台。如今他突然大去，一时万念在心，好像要把几十年的空隙填满。怀念他目光炯炯，出自肝胆。怀念他声音洪亮坚定温和，如乐器综合。怀念他不争不让不苟，没有任何争端由他身上引起。怀念他沉默中的自尊，与他同座的人都得提高道德水准。怀念他大踏步沉着如坦克，从未践踏别人的影子。怀念他把一路伤心化入美学，成为大众的精神享受。人皆有死，但是有些人不应该形体朽坏就成空化无。

落月满屋梁，犹疑照颜色，不够；风檐展书读，典型在夙昔，不够。我们要寻找任何借口认为他还存在，存在得更具体一些,灵魂,天国,众神之子……不管宗教家有多少妄言谩语,我不放弃有神论。

硕果永存

王蓝先生字果之,晚年大家尊为果老。他常说他比五四运动小四岁,从文学史的眼光看,他是新文学运动结出来的"硕果"。

一九五八年他三十六岁,出版长篇小说《蓝与黑》,畅销中文世界。有人出了一个上联征求属对:"王蓝蓝与黑大红大紫",至今没听说谁对得上来,这或许是个象征,像果老这样一个人,恐怕"一时无两"了吧?

我指的是"人"。他是小说家,画家,文艺运动家,基督教徒,时至今日,有人写小说比他写得好,有人画水彩比他画得好,有人推广文艺比他的条件更优越,有人在教会里侍奉的时间更长久,但是这几个人加起来并不能胜过果老,因为果老有他的魅力,有他的"综合效果"。

果老是一个富有活力的人。台湾的保护著作权运动,他首先起来推动,那时中国著作权法对盗印宽松,台湾社会普遍认为翻刻好书乃是功德,文选、文摘、广播电台使用他人著作一律不告而取。果老改变了这个形式,善哉!

果老的代表作《蓝与黑》成于文网严密的五十年代,他除了写出中共的善谋能变,同时也揭示国民政府"接收"工作的以私害公,这种"两面呈现"的小说,在当时是仅有的一部,他的大观照、大叙述,证明他的确是一位小说家。至于情天恨海,痴男怨女,一经着墨,长在人心,不必细表。

果老口才好,长于沟通,人脉广,见解又不同流俗。他呼吁"文艺到学校去",影响了当时的教育;他又提出"文艺到海外去",影响了当时的侨务。"文艺到军中去"也是他热心提倡的,和他先前喊出的"军中作家到社会里来"相互促成。他的三大高见,经他反复高呼,触动高层,影响十分广远。

果老乐于助人,他的亲和力、说服力、与上层结缘的能力,并不为谋一己的利益。他促成多少本国的作家艺术家出国展览讲学,促成多少外国的作家艺术家来华访问交流。很早很早,果老就流露了对军中作家的关怀和热情,在他这一伙老作家中,他可能是到军中演讲次数最多的人,也是参加军中文艺活动最勤的人。他曾说,军旅生活为人生提供新的刺激,新的启发,是好作品的温床。他说这些话的时候,军中文艺运动还没有发生,军中作家还被认为是"别具一格",他对军中作家的前景看好。

果老的短篇,光芒为长篇《蓝与黑》掩盖,说起来,果老写短篇也是源远流长。一九四一年,十八岁,他就写出"一颗永恒的星",得到当年全国文艺奖第一名。抗战胜利之前,在重庆,就累积短篇小说《父亲》《美子的画像》等多篇,出版成书。迁台以后,他又写了许多短篇,结集成《师生之间》《吉屋出售》《女友夏蓓》。他写"一颗永恒的星"全凭才情和热情。一九六二年,对日抗战已结束十七年,定居台湾休养生息超过十年,果老痛定思痛,对生命反思,他写出《重生》。

《重生》的故事背景设在菲律宾,我猜他经过踌躇选择。二次大战期间,菲律宾受日本占领军蹂躏,尤甚于中国。一个菲国女子为日本军官奸占,生下一个儿子,这孩子的母亲因痛苦而自杀,父亲因战败而遣回,可想而知他绝对困苦,绝对受歧视欺凌,他的人生哲学当然是恨。他就是"重生"的主角。小说展现这孩子的心灵,如何从大恨的黑暗之茧中脱困而出,感情得以平衡,重新得到生命的意义。果老以宗教救赎解决日本造成的国仇家恨,尽脱抗战文学的陈套,他纵非第一人,也是最早少数之一人。

外省作家来台后多以负面形象写台湾的"下女"(漫画家也犯同样的毛病),后来颇受当地作家挞伐,他们也许忽略了果老笔下的女工阿英。阿英看到主人家设局骗赌,得手走散,剩下那输光了的男人昏倒了、又悠悠醒来,阿英一直照应他,流下眼泪对他说:"以前我不打牌的人家不做,现在我不那么想,我看够了。蔡先生,我看您最好戒了赌吧!"一向沉默的阿英,突然显现一可贵的品质,"鹤从高处破烟飞"带领读者的心神冲出阴霾。

果老的"加州时代"写作少而布道勤,人家主张"以美育代宗教",他好像"以宗教代文艺",他的"神学"糅入儒家的人生哲学,信仰和生活结合,不尚空疏玄妙的"灵修",大众颇得受用。一九九三年手著"健康喜乐长寿二十二条",流传海外华人社会,各地以华人为主的老人中心,大字书写,张贴悬挂,勉励大家修心养性,延年益寿。他指出通往天国的路在尘世,在脚下,在起居饮食、待人接物。

听吴小攀谈天

吴小攀先生的著作《十年谈》，副题《当代文学名家专访》，收辑对二十六位王牌作家的对话的记录。读这本书好像听他谈笑有鸿儒，很受用。

诗人洛夫兼擅书法，小说家贾平凹写的字上市拍卖，有行情，吴小攀"捉"到这个话题，跟他俩都谈到作家向其他艺术门类发挥未尽之才。吴小攀资料充分，知人善问，他向贾平凹展示一份文件，"当代文化人非职业化现象研讨会"的研讨内容，会中有人反对"把仅仅足以干好本行的精力和才华虚掷在附庸风雅的涂鸦上"，这就逼得贾氏滔滔不绝。

贾氏说他不仅写字画画儿，他也下棋，算卦，玩古董。"它们会互相刺激，像爱情一样，你付出得多，回报得也多。"我想，下棋和小说布局有相通之处，算卦和意象的衍生有相通之处，玩古董和玩味唐诗宋词有相通之处，有这种"通感"，写作才可以成大器。贾氏说他还喜欢旅行，"我喜欢大自然的辽阔，那种胸怀和气势，我的字画都是去新疆回来不知不觉提高的。"这话使人想起来太史公游名山大川然后文章有奇气，苏东坡谪居南海然后文章有风涛之声，山川风景也和文学写作相通。

这样，洛夫既写诗又写字就容易解释了，咱们古人一向体会诗书画是一件事，有人还再加上篆刻，历来名画家都能写诗，名篆刻家都能写字，名书法家多半会治印，佼佼者可以三绝、四绝俱备。再向上提升，文学创作也罩在里面了，音乐，舞蹈，建筑，雕塑也进来了，八大艺术都同源互济，这个"源"就是"法自然，师造化"。

小说家莫言在接受访问的时候细述他当年受的文学教育，学校从北大、北师大请了很多位老师，讲哲学的，搞美术的，搞音乐的，搞舞蹈的，他的形容："课程灵活，八面来风"。他说这种全面的全方位的教学提高了学员的文艺素养，开拓了学员的眼界和思路，我想八面来风也就是八面接通，培养通感，相辅相成。当年我的老师也说"文学不是专门的学问"。

吴小攀层层设问，步步追问，我想他是作家最怕的人，也是作家最盼望出现的人。他问贾平凹："沈从文、汪曾祺和您一样，作品里都有很明显的地域特色，但我觉得他们二位的作品都比较温暖一点，您的作品相对比较滞重，灰色，这在《废都》达到极致，这跟您的人生观有什么样的关系？"问得好！

贾平凹自我分析："各种原因导致我不是开阔的、开朗的、光明的个性，但也决不是阴暗的，它不是生机勃发的，一般是收敛的，内向的，拘谨的，敏感的，也有悲凉，伤感，无奈，这种性格发展得好可以达到放达，旷达，但绝对达不到昂扬，慷慨，发育得不好就是孤僻，刻毒。"答得好！

贾氏如此了解人的性格，并且从自己的性格中化生小说的风格，借用古人的话，这是"尽己之性"。所谓文如其人，所谓风格即人格，只有这样解释才无碍。小说家除了尽己之性，还有"尽人之性"，也就是大家常说的人物典型，在理论上小说家可以塑造各种相反相异的典型，他尽己之性，他笔下固然有"收敛的，内向的，拘谨的，敏感的"人物，他尽人之性，也可以有"开阔的、开朗的、光明的"人物，我们还希望他塑造"昂扬,慷慨,孤僻,刻毒"的人物。很多戏剧家能够做到,小说家多半做不到,戏剧有导演、演员加入,有化妆、服装、灯光、布景、音乐效果帮忙,写散文还可以引用,小说家和诗人是孤立无援的。

尽己之性、尽人之性,受访的各位名家都很重视,此外还有一句"尽物之性",到了文学创作这一行,"物"就是中国语言文字,文学体裁,平面媒体了,作家应该最能发挥这三者的特性,在这方面,《十年谈》里面说得不多。如果尽己、尽人是作品的内容,尽物就是作品的形式,这些名家的注意力大都集中在内容上。

《白鹿原》的作者陈忠实说,作品要能写出生命的体验,不能仅仅有生活体验。他的意思好像是,春夏秋冬,鸡犬桑麻,仅及于生活;创巨痛深,刻骨铭心,才触及生命。洛夫认为台湾的小说不如大陆,"小说需要对人生深刻的体验,大陆作家显然本钱比较够。"他指的应该是贾平凹、陈忠实一辈大陆作家。八〇后的名作家郭敬明说:"我们这一代人生长在一个特别和平的环境里面,物质也特别丰富,也没什么生离死别,所以必定导致我们对人性、对社会动荡的感悟很浅薄,也会让我们的作品显得浅薄,显得在人性上没有深度。"这么说,郭敬明口中的大陆作家和洛夫口中的台湾作家渐渐接近了。

记得中国大陆上有人创设了一个名称,叫"失望之书",他的意思是说,每年有很多新书问世,有些书你很想看,看到了又觉得不值得一读。这么说,失望之书应是引起希望之书,能引起希望应是名家之书,这么说失望之书的书目也非泛泛可以跻入。一本书仅有生活的体验,没有生命的体验,固然令人失望,不幸有些书连生活的体验也肤浅,看到这种书,只好回身对失望之书寄以厚望。

吴小攀和多位作家谈论作家和读者的关系,看来是他有意挖掘。几位小说家很爽快,陈忠实说:"作家要努力进入普通读者这个层面,……哪个作家不考虑读者啊,……你想给第二个人看,就是想和读者交流,让第二个人看和让第二十万个人看是一样的。"他认为作家、作品靠读者这个"土壤"活着。阎连科说:"我至少要写一本书,让农村人看得懂,喜欢看,建立一个双向的关系。"郭敬明说,他用作品"引领"读者,"我的审美造成一种趋向。"他说,他现在确实赚很多钱,"这是我本身很真实的一面,我不想去掩饰它。"莫言说,文学创作确实跟名利紧密相连,"你说没有一点名利观念,那是很虚伪的"。他们都小心避免使用"迎合"一词,但是都不反对"穆罕默德去就山"。

诗人北岛另有见解,访问者提到他的一首诗:《回答》,开头两句非常出名:"卑鄙是卑鄙者的通行证,高尚是高尚者的墓志铭。"现在这位大诗人说:"很多人见面就背这两句,诗人并不愿意被反复重复引用,我已经产生了厌恶的情绪,我自己觉得这首诗的开头两句是这首诗的败笔,……诗人写作其实是不太考虑读者的。"在这里我们可以看出诗和小说的分别,至少在中国,小说一向属于平民大众,而诗,据说是"贵族的"。论技巧,诗人如何表现自己重于如何吸引读者,小说几乎相反。但是今天许多小说家的心态和诗人相近,小说和读者之间也就有了"诗的距离"。

刘荒田在受访的时候说:"要对别人有启发意义才写","文学至少让人活得诗意化一点,滋润一点,丰富一点,睿智一点,至少整个社会因此不会那么干燥。"是了,"诗意一点,滋润一点,丰富一点,睿智一点",都会受到读者欢迎,不要假设读者都很低级。"诗意一点,滋润一点,丰富一点,睿智一点",也是我们能够提供的,不要假设作家都无奈无力。如此这般,"迎合读者这话也不应该是错的"。

看生肖画展

牛年得牛

这些年,圣约翰大学的李又宁教授常常提倡文艺活动,去年开始办第一次十二生肖的绘画展览,今年第二次举行,三十位知名的画家提供最近的作品。去年属鼠,今年属牛,牛的故事比老鼠多,姿态变化也多,牛跟人的感情也比较深厚,今年的展览比去年更丰富、更热闹。

牛是我们非常熟悉的一种动物,现在艺术家用他强烈的主观给牛一个崭新的精神面貌,这些牛不是上帝造的,是艺术家造的,这些牛不是蒙古牛,西藏牛,河南牛,这些牛是世上没有的新品种，这就是参天地之化育，让我们惊叹，扩大了我们的眼界，给我们许多启发。

展览会对美术家很重要，就像音乐会对音乐家一样重要，像出版对文学家一样重要。但是办展览不容易，需要很多的条件，幸亏文教中心有这样一个场地，幸亏有李又宁教授这样热心的人，艺术品和欣赏者可以会合起来，各取所需，皆大欢喜。我是属牛的，按照自然规律，今年应该是我最后一个牛年，今天展出的作品，我非常喜欢，看了又看，恋恋不舍。

希望这个活动年年举办，不要中断，寅虎卯兔，辰龙巳蛇，先把这一轮十二年办完。十二年后从头再办，到了那个时候，李教授、李院长、李会长呼风唤雨的本事更大了，我预料他除了美术展览，每年要唱一台戏，子年五鼠闹东京，包公的戏，丑年天河配，牛郎织女的戏，寅年狮子楼，武松的戏，卯年嫦娥奔月……在座就有平剧、昆曲的专家，他一定可以排出戏码来。年年有余，明年会更好，十二年后更是好得不得了！但愿人长久，年年如意，岁岁平安。

附记：我参观画展，应邀致辞，我说我属牛，按照自然规律，这年应该是我最后一个牛年，这天展出的作品，每一幅我都非常喜欢，看了又看，恋恋不舍。在场听众鼓掌，兆钟芬教授马上把她参展的一幅牛送给我，不得了！这真是送礼送到刀口上，这幅画因此成了让我最动心的一幅画，这幅画是我的无价之宝，生死之交。如果我下一个牛年仍然参加生肖画展，我打算把这幅画带去，当着主办人李教授，画家兆教授，回顾这一段因缘，给文坛添一掌故，给当天的媒体添一条新闻。

虎年看虎

虎年处处有虎踪，看虎的人络绎。到动物园看虎，虎容倦怠，虎姿萎蘼，虎身半卧，虎目半开，他完全不知道值年当令，也不接受远来瞻仰者的热诚，年假期间，雨雪交加，老虎再迎头浇一瓢冷水，留不下愉快的回忆。

到生肖画展看虎，光景不同。这几年画家年年以生肖为主题作画展出，今年四壁琳琅，环视皆虎，一虎一姿态，一幅一精神，一人一风格，丰富而集中，仿佛万虎列队，各展风华，受你检阅，万物之灵与百兽之王在此交会，这才有点像开年庆岁的大事，画展能，动物园不能。

老虎很有看头，比去年看牛的人多，明年如有兔展，也未必有此盛况，还是虎的号召力大，出门俱是看虎人。

"文"这个字本来指虎皮上的花纹，写文章也等于画虎，用另外一种画法。我们都是纸老虎，纸上的老虎，我们都在纸上安身立命，秀才人情一张纸，李杜文章也是一叠纸。网页也是广义的纸，所以成"页"，有P1、P2。虎年是作家画家共同的本命年，写写画画都有流派，成一时风气，风生从虎，虎虎生风，换成我们的语言就是管领风骚。

"画虎画皮难画骨"，非也，艺术家画虎画皮也画骨，也画血肉，也画神经。"画虎不成反类犬"，非也，画虎不成也像猫，猫也可爱，爱猫及虎或爱虎及猫的人都有。画虎成功虎像人，像武松关羽，或者像林黛玉史湘云，危峰只虎，苍茫独立，亦如陈子昂登幽州台之时，幼虎嬉戏，童趣盎然，或者是我少年不识愁滋味之时。画虎画出人性来，画出人的气质来，民胞物与，本是同根生。这些你到动物园怎么看得见！

没有纸就没有这些虎，可是纸里包不住虎。画画儿是把立体的东西用线条移到平面上，如果画得好，看画的人又从平面恢复立体，画中的老虎跳出来，在我们脑中、口中、文字中，瞻之在前，忽焉在后，装在文化传播的船上漂洋过海，成为受保护的稀有动物，写在艺术史上，千年以后化为木乃伊。没有纸没有老虎，有了艺术就不再有纸。

这些虎被艺术家驯服了，没有凶性，它们是美丽的宠物。我们来看展览，欣赏回味，都可以带几只老虎回去。

马年看马

为什么说"马到成功"？历来成大功立大业的人物离不开马，英雄、宝剑、名马一向并举。人和马一同战斗，一同生活，一同成长，人马一体，合成一个巨人，"人马"联结成一个名词。马到成功，马到人也到，马到精英到、人杰到，于是成功也随着来到。

为什么成大功立大业的都选中了马？马有各种优点，他强壮高大，负重载、走长途，而且速度高、反应快。马勇敢忠诚，和主人有高度的默契，将军上马作战，双手舞动兵器，用两腿两脚指挥他的坐骑，良马自能体察主人的需要，配合战斗。马有惊人的记忆力，人在彷徨歧途时，马去寻归路，在没有水喝时，马去寻水源。

所以"马"是人才的代称，岳飞和宋高宗之间有过"良马对"，句句说的是马，句句指的是人。《论语》："骥不称其力，称其德也。"说的也是人。伯乐相马，几乎就是识拔人才的另一个说法。千里马愿意遇见伯乐，也愿意遇见项羽、关公、周穆王、唐太宗，他有入世的怀抱，奉献的热忱，良马配良将，双方都是佳话，也都是幸运。

马年走马运，但愿出货的遇见识货的，买金的遇见卖金的。圣人出，马在马槽里吃草；圣人不出，马在郊野吃草，良马愿意吃槽里的草，所谓圣人就是他的知遇。马愿意为知己所用，不做隐士，人世的快乐和辛酸，耻辱和光荣，马永远分担。马不负人，英雄也不负马。

马的线条俊美，神采飞动，可能是最美的动物，观赏的价值很高，至少在"六畜"之中排名第一，以下牛羊犬豚不能相比。现在有一种说法：审美标准是白种人定的。也许"蒙娜丽莎"的美是洋人定的，骐骥骅骝之美却是咱们中国人定的。美不美也不尽由人主观制定，也有主张说，机器上的螺丝帽比美女的眼睛好看，鼓吹了几十年也没成立。"新闻周刊"有一篇文章说得好：斜眼、缺唇、癞痢头，任何民族都不认为很好看。

我在"辛巳"除夕前三天作文，想起成语"虎头蛇尾"。岂止蛇尾不足观，虎尾也是强弩之末，戏剧结尾简短有力，称为"豹尾"。大抵动物的精华全在头部，对付"蛇尾"最健康的态度是，早早与"马首"挂钩，马从头到尾都好看，古人称赞马的尾巴像彗星。有位画家画马，专从马后着笔，夸张尾部，很有创意。

古人给马看相，认为良马"头方、腹张、鼻大、唇急、耳近、脊强"。前辈大师徐悲鸿所画的马，多半采取此一形相，果然气宇轩昂。《百年中国画集》里有张鸿飞画马，十五匹马排成分列式队形，看画的人站在校阅的位置，居高临下，想见群马"所向无空阔"，必然"马到成功"。

马来！广东画家杨宁平展出骏马，华裔艺术家李健文在邮票上设计肥马，台湾六十一位艺术家，以铜、锡、木、草、皮革、陶土、玻璃为材料，塑造成种种"无可名状之马"。世界日报艺廊也将展出虞世超的变形马。

看马，想起移民委屈了多少上驷之材。一等画家做油漆匠，小儿科名医当保姆，文学批评家当印刷工人，他们都在等待伯乐。

羊杂碎

依中国农历，今年乙未，十二生肖属羊，美国总统奥巴马向华人贺年。

他说，"不管你是过公羊（ram）年、山羊（goat）年还是绵羊（sheep）年，……大家都快乐。"小区的广东茶楼传来议论,这位总统说话俏皮,亲切,没有官架子,民选的元首到底不一样;也有人说,总统代表国家,这种官式谈话还是应该庄重一些,他怎么像个写杂文的!

想我当初新来乍到,适逢羊年,也是岁首,老板问我这个羊年是什么羊?山羊?绵羊?公羊?母羊?还是小羊羔?我从未想到这是一个问题。英文为每一种羊命名造字,却没有一个字概括所有的羊,所以成了问题。总统拜年本是为了广结善缘,要尽量周到,不可对任何一部分人造成挫折感,奥巴马总统采列举法,也许正是他郑重其事。

英文的山羊绵羊都不是"羊",倒很像中国名家的"白马非马",连羊肉羊毛都另外造字,不怕麻烦。英文的这种走势,有学问的人称之为"分析性的语言",同时称中国的语言为"综合性的语言",并且认为世界语言正由分析性的语言走向综合性的语言,这句话咱们中国人爱听。无论如何英文也是很成熟的语言,产生了那么多世界名著,"专用名词"之上应该有"普通名词"统摄,英文一向造字勤快,年年增添许多新字,中国的羊年早晚会提醒他们填补这个缺口。

羊年的"热词"是三羊开泰。泰,舒适也,安乐也,畅通也。开泰,转运了,局面扩大了。羊跟开泰有什么关系?

本来没关系，羊跟"阳"有关系，"阳"跟开泰有关系，"三羊"既是三只羊，又是易经"泰"卦里的三个阳爻，这叫谐音双关。易经六十四卦，每一卦有六个符号，"泰"卦开头的三个符号都是阳性，于是形势大好。三羊开泰是吉利话，常说吉利话就会发生吉利事，有学问的人说不是迷信，语言影响思想，思想影响行为，行为影响结果，"说曹操曹操就到"，说财神财神也就到。我在这里敬祝各位看官三阳开泰，六合同春，百事如意，千祥云集。

每逢羊年，许多画家爱画三阳开泰，他不能画"阳"，也不能画"羊"，他得画山羊或绵羊，这是绘画的特性，也是传统绘画的局限。经过当年老板的考问之后，我很注意画家到底画什么羊。传统的画，三只羊紧紧聚在一起，好像同心协力的样子，我看见的多半是山羊，大概因为山羊比较阳刚，适合开泰，山羊的特征也比较明显，此外或者也有男性中心的思想。油画或水彩，往往是两只山羊一只绵羊徜徉在草地上，好像互相没有多大关联，也没有什么重责大任需要扛起来，个人自由的色彩很明显。我没见过三羊开泰有幼年的羊羔参加，大概因为"嘴上无毛，办事不牢"吧，这完全是成人的观点了。

广州号称五羊城，相传饥荒之年有五位仙人骑羊送来稻穗，然后仙人升天，五羊化为石头。现在广州有一座高大的五羊石刻纪念他们，以一只站立的山羊为主题，四周围统着两只小羊在嬉戏，一对母子羊在哺乳。这五只羊不是当初仙人的坐骑，雕刻家把它改变了，五羊造型不同，雕刻家挥洒的空间大了，象征着世世代代的传承，寓意也深了。今天画家笔下的三羊恐怕也到了脱出前人窠臼之时。

值此羊年，天赐话题，世界日报以大标题报道，"蒙古作家升狼烟，轰狼图腾"。《狼图腾》是姜戎写的长篇小说，以六百页的篇幅深入描写狼的习性和生存技能，凭"弱肉强食"的丛林法则肯定了狼也诠释了蒙古族的历史文化，认为蒙古族有狼性，汉族有羊性。现在内蒙古作家郭雪波公开驳斥姜戎的看法，认为这本书丑化了蒙古族。

蒙古族有没有"狼图腾"，按下不表，汉族有没有羊图腾，跟我们羊年的闲话有些关系。中国人，适可而止，不为已甚，己所不欲，勿施于人，好像是羊，可是轩辕氏怎能率领一群羊开辟鸿荒？从古至今那些仁人志士英雄豪杰圣君贤相你能说都是羊？抗日战争、国共战争的前线后方你能说都是羊？你可以说汉族本来是羊，汉蒙通婚以后才有几分之几的狼，我也可以说汉族本来是狼，创造了农业文化以后才有几分之几的羊，是耶非耶，一言难尽。

蒙古族都怎样怎样，汉族都怎样怎样，这种口气叫作"全称肯定"或"全称否定"，我所知有限，从来不敢说得这样大、这样满，世界人口已超过60亿，我认识几个？中国人口已超过12亿，我了解几个？即便是羊，我也只从两三个品种之中观察过十只八只。不过小说家是可以"以偏代全"的，是可以"充类至尽"的，这是另一类穷而后工，这个"穷"是穷尽一切手段推向极端。《狼图腾》因此名满天下，也因此谤亦随之。

依达尔文的学说，生存竞争，优胜劣败，所谓"优"，看谁比谁更凶猛，看谁比谁更狡猾，看谁比谁逃得更快，或者看谁比谁更会隐藏，这是大自然建立的法则。后来有人引用这个法则来评说人类的生存现象，称为社会的进化论，也有人提出人类社会有"文化保护"，"弱肉强食"受到文化保护的抑制。在人类社会里，狼性未必"优胜"，羊性未必"劣败"，论天演淘汰，金丝雀、波斯猫早该灭绝，人类把金丝雀养在笼子里，把波斯猫养在地毯上，把一些观赏植物种在温室里，"文化"给它们布置一个生存环境，绵延不绝。即使蒙古族也养羊，养那么多的羊，他们反而把狼射死。人生得失未必全凭巧取豪夺，老天疼憨人，庸人多厚福，聪明反被聪明误，这些话也无法完全推翻。

即使在丛林之中，也有少数个别的例子发人猛省。雄狮是百兽之王，依丛林法则，他应该称心如意，无往不利，其实呢？圣经上说"少壮狮子，缺食忍饿"，我看不懂。后来读闲书，才知道狮子威震一方，他往什么地方一站，周围多少公尺以内的动物都能感受到强烈的肃杀之气，马上远走高飞，所到之处，戒严净街，他想找一点吃的就难了。书本上说，他会饿得受不了，连自己窝里还在吃奶的"婴狮"也吃掉。皇天后土，呜呼哀哉！令人难以想象。

在人类社会里面呢？这种情形就更明显了。若有人太精明，太自私，太凶悍，加上太能干，这种人的远景并不看好，若说优胜劣败，这些反而成了他的缺点。他可以占许多小便宜，但是大家也防范他，阻挡他，隔离他，朋友不敢支持，长官不敢拔擢，连打牌三缺一都不希望他入局，所有的人形成一个包围圈，瞧着你，等着你，有运气你就一飞冲天吧，或者你就在沾沾自喜中油尽灯干吧。

看资料，《狼图腾》的作者姜戎先生历经三年灾害、十年浩劫，一生缺少文化保护，个中滋味，点滴在心，这应该是他创作《狼图腾》的原动力吧。他插队内蒙古，与狼结缘，找到了文学的符号，别有会心，《狼图腾》应该是他人生经验的隐喻。这一部浩浩荡荡的长篇小说应该是他的"忧愤之作"吧，满纸荒唐言岂止一把辛酸泪？这部作品能畅销，能在国外得奖，能拍成电影卖座，也算是老天给他的补偿吧。恭喜他！题外之言，点到为止，咱们仍然预祝三羊开泰，不指望三狼兴邦！

这猴不是那猴

到了猴年，咱们对猴子突然充满了敬意好感，称之为金猴、吉猴、灵猴，金装银裹，改变外观。又利用"侯"字同音双关，画猴子坐在枫树上，说是年年封侯，画猴子叠在马背上，说是辈辈封侯，改变它的内在。你看咱们中国人并不马马虎虎敷衍了事，一不做，二不休，把"猴"的语音改变了，词性也改变了，长得猴美，睡得猴甜，心情猴好，运气猴顺，吃得猴香，熬得猴急，意思是很美、很甜、很好、很顺、很香、很急。十二生肖有个猴年，咱们避不开，躲不过，那就迎上去，改造它，这猴不是那猴，改造它就是改造命运。

我平时很难看到猴子，到了猴年，到处有猴子的照片图画，有机会仔细看看，生肖画展中更是蔚为大观，文字变图画，图画变感觉，感觉洋洋乎溢出图画。

猴子的确像人，其实所有的动物都像人，至少它的某一部分像人，或者它在某个时候像人。猪，当它站立不动的时候，单看它的眼睛，像个受苦的思想家。雄鸡，当它左顾右盼的时候，像冲锋过后余悸犹存的军官。牛，辛勤耕作，它是四肢服从、眼睛反抗的汉子。鸟，像人，才有"小鸟依人"这样的成语。狗，像人，才有"徐青藤门下走狗"这样的传言。也可以说，人很像禽兽，某种人像某一种禽兽，或者人在某种情况下像是某一种禽兽，"众生平等""众生一体"之说，也许是从这里得到灵感。

画家本领大，画马牛羊鸡犬豕都画出它的人性。艺术，尤其绘画，能培养民胞物与的心，李又宁教授是有心人，他结合画家画生肖，人来看画，觉得我们和马牛羊鸡犬豕本是同根生。画猴挑战大，已有的语言歧视负面表述太多，人的成见深。画猴也特别成功，猴子身上"人的成分"明显，进化论者说猴子是我们的表亲。艺术由神造的猴子变成人造的猴子，由山上的猴子变成纸上的猴子，由动物学的猴子变成美学的猴子。没人愿意把猴子养在家里，但是愿意把画挂在客厅里，没人专程到动物园看猴子，但是愿意到画展来看这些画。猴年，报纸杂志电视网络数不清的猴子，最好的猴子还是在这里，发扬人性，培养慈悲心，体验上天好生之德、不忍之心。

十二生肖无贵贱，生一个孩子属牛，再生一个孩子属兔，他不会想到牛比兔子值钱，生一个孩子属龙，再生一个孩子属老鼠，他不会想到龙在天上，老鼠在地洞里。不管属什么，十月临盆，天下父母心，都是迎接一个新生命，生命的价值相等。

什么人说过，如果不能拿动物当人，就会拿人当动物。来看画吧，学习拿动物当人，从猴子开始。

鸡鸣一声

"鸡"年，画家应景，照例画一只雄鸡，雄鸡羽毛的色彩丰富，形象也撑满画面。没听说画母鸡，也没听说中国的女权主义者提出抗议。

鸡年的生肖画展雌雄平均，连雏鸡也有地位。十二生肖谁最漂亮？将校说是马，农工说是鸡，龙并不好看，凤好看，据说凤的原型就是公鸡。我不做研究，道听途说，茶余饭后。记得小时候，家中杀鸡是大事，如果杀公鸡，小孩子都来抢鸡毛，都想要最长的那几根，一根鸡毛可以拿在手上玩一个月。

鸡最能代表农业社会的小家庭，雄鸡是那么勇敢，负责任，母鸡那样慈爱，小鸡那样讨人喜欢，充满了希望。雄鸡走在前面，高视阔步，后面母鸡带一窝小鸡，咕咕咕，唧唧唧，两代合唱，温馨。"家"这个字惹人议论，宝盖下面为什么是猪，我认为应该是鸡。我早年流浪在外，常常看见鸡想家，看见猪我不想家。

咱们大概都有黎明前听见鸡叫的经验，雄鸡的叫声洪亮优美，朝气蓬勃，世界上最可爱的闹钟。据说制造军号的人就是从雄鸡得到灵感。"鸡先远处鸣"，总是一站一站传过来，万鸡起落，声闻百里，引发人的豪情。我们的社会生活也仿佛这样，同声相应，同气相求，形成风气。鸡年生肖画展的现场配音最好放送鸡鸣，雄鸡一声天下白，闻鸡起舞，风雨如晦、鸡鸣不已，鸡声茅店月都录了音，拿到这里来放送。

公鸡老了，到某一个年纪，就不叫了，就像老母鸡不生蛋了。我这只公鸡已经老了。从前种田的人家养鸡，过年过节杀鸡加菜，先杀不叫的公鸡，再杀不生蛋的母鸡。我们小区慈悲，敬老尊贤，恤老怜贫，对不叫的公鸡、不生蛋的母鸡很客气，还鼓励我叫，来来，叫一声，试试看。

年年看十二生肖画展，我一年一年度过，人生不是一条抛物线，人生是一个圆周，由起点到终点，你以前经过的事情，后来再经过一次，并不重叠，前后遥遥相望。

莫言语录五注

言论审查对写作有帮助？

莫言先生得奖后，受媒体追逐，身不由己。他并无"能言"之名，据他解释，他取莫言为笔名，就是要少说话。如此久受"国情"约束，忽然要说话给全世界的人听，如何立刻掌握最大公约数？

莫言语录有：1. 他不打算庆祝，但会跟家人一起吃他最爱的饺子。2."回忆起往事，我就会感觉到人世间最宝贵的是粮食。"3."我认为中国有很多优秀的作家，他们的作品也可以被世界认可。"这些话朴实，生动，都说得很好。

还有："我的小说大于政治，不为政治服务。"此语甚为豪壮，需要推敲的是，"大"就不能服务？要"小"才服务？请恕直言，对人群，作家常因服务而变大，对政权，作家有时也因为选择性的服务而变大，一言难尽。

莫言在伦敦接受访问，曾表示"言论审查对写作有帮助"，引人诧异，这是因为国内的评述者只引用了莫言最后一句话。我仔细看了全文，他是这样说的：

"许多文学手法有政治包袱，例如我们的现实生活，可能有些尖锐或敏感的议题，不希望去碰的。在那种情况下，作家可以注入想象力，让他们脱离现实世界，或者也许他们可以把那种情况夸大处理，以确定可以凸显出来，而且很生动，并带有现实世界的特征。因此，我真的认为这些限制或审查非常有利于文学创作。"

这话并没有错，艺术创作是接受限制再超越限制，莫言做到了。或者可以替他斟酌，加上三个字，"适度的"限制或审查有利文学创作。没有一部够格的作品是像溜滑梯一样产生的。"适度的"限制可以涌现作家的激情，提高技巧，发挥潜力，这也是我们在台湾的经验。

有些尖锐的敏感的问题不能碰?

莫言说:

"我们的现实生活,可能有些尖锐的或敏感的问题不能碰……让他们脱离现实世界,或者把那种情况夸大处理,可以凸显出来,很生动,并且带有现实社会的特征。因此,我认为这些限制或审查有利于文学创作。"

这段话有人看不懂,我懂,我以前讨论台湾的新诗,也曾有类似的意见。

缘起于我读大陆出版的台湾文学史,论及六十年代台湾的现代主义,各家异口同声,认定诗人在权威统治下逃避现实。我说,据我所知,现代主义的技巧扩大了作家的表现能力,作家投入,乃是为了追求写作的自由。作品俱在,作家确实也侵入各方面的禁区,只是戴着写实眼镜的人看不出来罢了。

一个真正的作家,若是发现有任何主义、流派、学说能使他写得更好或写得不同,他不能拒绝诱惑。台湾文学发展到六十年代,写实主义已是"一件穿脏了的衬衫",即使没有政治上的限制,现代主义也会形成风尚。六十年代的现代主义,应是文学发展的前进和上升。

求新求变是作家天职，但是人难免有惰性，选抵抗力最弱的地方走，政治栏栅迫使他付出努力越过障碍。若论自由，现在自由莫大于网络，几乎没有守门人，但网络反而引来忧虑，对产生更好的作品并无帮助。

莫言说："（适度的）限制或审查有利于文学创作"，并非政治语言。借用史学家汤因比的说法，文学创作也是"挑战与反应"，挑战太弱，引不起反应，挑战太过，不能反应。莫言所受的挑战太过了，当时不能反应，可是事过境迁，痛定思痛，他又能做出反应。这是中国文学的大幸。

我希望我说明白了。

我的小说描写了广泛意义上的人

莫言说："我的小说描写了广泛意义上的人，一直是站在人的角度上，一直是写人，我想这样的作品也就超越了地区种族的局限。"

他又说："要看作家是否写出人类普遍的境遇，是否打动了所有国家、所有人的情感。"

按，"小说是以人物为中心而创作的故事"，当然是写人。有人要问，费那么大的劲儿去写一个普通人，别人为什么要看呢,所以紧接着得有第二句:借个别的人表现广泛的意义,批评家谓之"从具体中见抽象"。莫言的杰作,都是写出一个人或少数人特殊的痛苦,使多数人、所有的人从中读到人类的隐痛,批评家谓之"既有特殊性,又有普遍性"。

据我了解,莫言所谓广泛的意义,就是文学的象征意义,一般小说没有象征意义,读者见木不见林,杰出的小说有象征意义,读者见木即见林。佛家说"纳须弥于芥子",须弥是一座山,那么大,芥子是植物的种子,那么小,寓大于小,小中见大,这就是艺术的奥秘,谁得到这个奥秘,谁就能"打动了所有国家、所有人的情感"。由一人、一党、一族、一国的文学,成为人类的文学。这是文学的大经大法,作家的大功大业。

我曾说,我未能以个人之痛,表现山东之痛,由山东之痛,表现中国之痛,辜负了文学。毫无问题,莫言表现了山东之痛,理应受我一拜;进而表现了中国之痛,理应受我再拜;他是否表现了人类之痛呢?我还不能断言。

写电视剧,人格上受到极大的侮辱

莫言谈他客串电视编剧:"每写一部电视剧,人格上就好像受到极大的侮辱,每次你都会被低劣的电视剧导演横挑鼻子竖挑眼。"这一次,莫言说了重话,很有趣。

没错,电视剧本也是用文字写成的,然而它不是给人阅读的,它是给导演、演员演出用的,它的终极表现不是用文字,而是用影像和镜头。所以,它虽然用文字写成,却并非文学作品,文学家去编电视剧,可说是因误会而结合。

戏剧理论有所谓以剧本为中心、以演员为中心、以导演为中心,电影电视一出,导演中心论无可争辩。电影和电视剧都是导演的作品,导演负责全剧的成败,编剧演员都是来完成他的理念,导演唯我独尊,对人难免颐指气个使。导演、编剧乃至大部分演员都是一个team,多年的公谊私交,有良好的默契,可以理解谅解。所以电视剧的编剧不宜客串。

我们常说"内容决定形式",奉为金科玉律,你若来编电视剧,就知道形式也决定内容。导演为符合戏剧结构,要你这里加一场争吵,那里换一首歌曲,那情形颇似填词。连续剧推出以后,在导演横挑鼻子竖挑眼的主宰下费尽心思敲定的故事大纲,编剧又随时要听命更改,不受观众欢迎的演员要提前出局,观众爱看的演员要加戏,提供广告的大商人收了某个女演员做干女儿,要捧。电视剧编剧是另一种身份,要有另一种心态,他不是一般的作家。

不要忘记自己是有责任的

莫言语重心长:"我们传统文学正在失去过去那样一种热闹的主导地位,是不是跟我们自己的作品质量下降有关系呢?当然我们可以说各种各样的社会原因,但是我们也不要忘记自己是有责任的。"

是的是的,我们作家自己的确有责任,文学兴亡,作家有责。莫言这话朴实可爱,也发人猛省。

今天文学面临挑战,要能做出成功的回应。我们亲见电视出现,威胁电影,电影怎样取长补短,奋发图存。那时电视只有黑白,电影立即一律改成彩色,人的眼睛生来就是看彩色的。那时的彩色画面难看,电影界马上改进,好莱坞出现特艺彩色,日本出现东洋彩色,达到美学上的要求。针对电视机的小荧幕,电影银幕马上废除黄金律,改成宽银幕,占满电影院的一面墙,大型歌舞剧和历史战争片占尽优势。同时改善音响效果,枪声在你耳边,雷声在你头上,观众如同身历其境。剧本的题材也挖掘人性深处,叩问文学境界,往往在曲终人散之后,使人沉吟久久。

如是这般，电影反而一片繁荣。

如今文学受到威胁，作家怪网络泛滥，怪电视媚俗，怪读者浅薄，怪出版社没有担当，没有想到反求诸己。有人甚至津津有味地谈论文字已死。莫言很客气，用商量的语气说话，句子后面跟着问号。是的，是的，我们有责任，作家面对挑战，要做出成功的回应，只要能做出正确的回应，那就是作家不死，只要作家不死，文学当然也不死。

若苦能甘

——读鹿桥的《人子》

《人子》包括12个短篇,分开是12个,合起来是一个。

鹿桥先生以浅显白话,说奇特故事、丰富哲理,其风格情趣,在国内已有的著作中未之前见,读来如啜新泉,如尝异馐,可以成为我们新文学的一份养分,触发小说创作的新境。他去国三十年,像《兽言》中的那个"世间猿"一样,操另一种语言已成习惯,但对"母语"仍能作高度有效的运用,使人同享他对中国语言的厚爱深喜。而且他证明浅显白话组合可成的东西,并不一定清可见底、一览无余,照样能得到现代作家所追求的若干效果,至于巧织妙绘,状物写景更是"余事"。这对致力提倡白话文学和国语运动的人，先是一个喜讯。

说到故事，《人子》的12个"章回"，除了《鹞鹰》是人间可能发生的事件，其他各篇都披着神秘的外衣，严如姗姗然来自荒古的传说，脱离了人的实际生活。即使是《鹞鹰》，鹰师驯鹰的过程固然非常写实，但是为何要费尽心血，把一只鹰训练得十全十美，再纵入山林，弃之不顾？读者仍然必须费一番思议，这些近乎离奇诡异的素材，经过文学家的炼制处理，足以逼迫我们作深入的思考，断断乎无法以"不经之谈"掩卷了事。这些故事表面虽然没有记录我们的生活经验，却足以引发、唤起我们对人生经验的回顾和整理。人生经验是如此复杂隐秘而又庞大严重，其表面现象实在不胜记录，所以文学家要采取一种独特的工作方式，使回顾和整理成为可能，这就是《人子》的匠心所在。

全部《人子》究竟表现了什么？依举世通有的惯例，这种高度象征的作品，作者断不肯自己提出解释，读者的见解又言人人殊。而作者的缄默，正是给予读者"独寻妙谛"的自由。在我看来，《人子》各篇的素材普遍含有上一代和下一代递嬗承继的关系，值得注意。我们可以根据故事情节，整理出一张表来：

篇名	上一代	下一代	两代关系
汪洋	时间老人	少年舵手	一同航海漂游
幽谷	太阳	小草	小草向阳开花
忘情	父	子	父亲流浪归来，没有感情的儿子出生了
人子	老法师	王子	王子随老法师学剑未成
花豹	老豹	小花豹	老豹对小豹的爱，小豹对小雌豹的喜欢
宫堡	老者	王子	老者指导王子建造宫堡
皮貌之一	母	女	母亲让月光浸透女儿
皮貌之二	老法师	小徒弟	老法师蜕皮徒弟不知
鹞鹰	父	子	子奉父遗志，训练鹞鹰
兽言	学者	子弟	学者反抗家传的志愿
明还	父母	子	父母反对儿子玩耍星球

《人子》中的两代关系真是形形色色：有浑然相契也有互不交通，有连绵相继也有毅然反抗。有"现代"对"传统"的殷勤迎接，也有传统对"将来"的茫然承受。

上一代可能尽了心也尽了责，也可能有误解和错爱，下一代可能全盘承受，可能见异思迁；可能反哺，可能创新，可能是对传统的摇撼，也可能是传统的完成。可这一切现象统名之为"人子"。

"人子"一词，本是"国粹"，但含义狭窄，约略同于"爹娘生父母养的"。后来翻译《新约》的人用"人子"译耶稣的自称，使这一名词冲出了旧有的框架，升高层次，而有俯瞰众生的气概。依《新约》的观点，耶稣是人类的希望，谓之人子，使人肃然觉得他乃是全人类的儿子，也就是新纪元的开拓者。鹿桥先生所谓"人子"，大概也该作如此观罢！在这种高度象征的作品里，"人子"不会是有数的几条血肉之躯，它乃是人类新生代、文化继承人的代名，是时代转换、生存交切的代号。他创造的那些含有无限"言外之意"的两代关系，指向全人类同有的经验：历史的绝续与文化的生灭。也许唯有这么说，才可以测忖鹿桥先生为什么说"《汪洋》孕育着所有人子的故事"。他为什么把前面的故事情节拆开，重新组合，写出第12篇《浑沌》，为什么认为这一篇"做了乘法，变化从此不但加快，而且可能性也忽然增多，因此可以达到无穷"！人类的文化活动相互激荡，相互生克，瞬息有变，永恒不息，确乎是数不清料不到解不开的一团浑沌，一个无量数！

从《汪洋》到《浑沌》,意象鲜明,交互辉映,只见光华璀璨,也是数不清,解不开的一团。要想寻找脉络理清头绪,排比层次,也许要写比《人子》更厚的一本书,才可以办妥,谁要写那样一本书,谁就得再把《人子》细品十遍。对我这个只读了一遍的读者,只有把全书处处经过密针细缕的大章法暂时放在一边,举出感受最深切的几点:创造的热情,传道的诚意,承接的困难,成功的喜悦,失败的恐惧,以及人的尊严。

《汪洋》中的航行,《幽谷》中的小草开花,《宫堡》的营建,《鹚鹰》的训练,以及《明还》中以日月为转丸,都洋溢着创造的热情。尤其是《幽谷》《宫堡》两篇,场面之繁盛,情绪之紧张,比县市长竞选或大专联考,尤有过之。料想先民筚路蓝缕,艰难缔造,仿佛如是!这些创造者,或不离前代遗规(《幽谷》),或接受先进经验(《宫堡》),或一无依傍的独造(《明还》),要皆专心致志,发愤忘我,视为生命中的唯一大事。百折不回,百死莫悔。此情此景,令人永难忘记。

创造是一种蓄积。人生苦短而时间永恒,所以上一代的蓄积要向下一代移交。《人子》《宫堡》《皮貌之一》《鹚鹰》《兽言》都涉及这个主题,而以《人子》为最典型。看那个花了六年功夫教王子练剑的老法师，何等严肃，何等虔敬！可以当作开学典礼看的受封典礼写得太好了，使人觉得老法师是受了天地神祇的监督与付托。教育的目标是要王子能够一剑劈开罪恶，否则没有登基为王的资格。可是，要取得这一资格，必须能一剑将老法师劈死。这是老法师（也许是天地神祇）的安排，他给王子规定的毕业考试，就是"你看我是善还是恶？"老法师所以能活，是因为王子在最后的考验时缴了白卷，否则，他会死。他要像干将莫邪的铸造者，放弃生命，完成工作。这是人生的圣境。《人子》一篇的结尾是"善哉人子"！换一个角度看，也可以说"圣哉法师"！

　　文化的火炬，单单有人愿意传递不够，必须有人承接。《幽谷》《人子》《宫堡》《皮貌之一》《鹞鹰》《兽言》讨论"承接"最为明显强烈。在《幽谷》中，一个有良好时机的承接者却因缺乏准备不幸失败。《人子》中有理想的承接者，但承接后的结果与传递者的愿望不符，发生变故。《宫堡》中的承接者完全顺利，全盘收受，犹以为未足，经过流浪，寻求而后返本。《兽言》的主人翁承受太重，蓄积太多，于是想弃圣绝智，回到原始性的单纯。最动人的一篇也许是《鹞鹰》吧，一切按照预定计划准确的完成，但是"为而不有"。在描写飞鸟的小说中，这一篇应该占十分重要的位置。

无论创造、传递或承接，都是成则欣然，败则凄然。在《忘情》中，那个迟来的精灵，传递误时，固然要在树枝上痛哭失声，那个"没有一点儿感情"的孩子，承接落空，今后一生又能有多少快乐？一个曾经为月亮浸透过的母亲（《皮貌之一》），在月光下"急急解开小女儿的睡衣，在怀中翻转她那小身体，好让月亮浸个透。一边翻，还一边忙着用手在她脸上、身上，到处用力按、用力抹"，而小女儿觉得好玩，嬉笑出声，"她也伸出小手去摸母亲的脸，也按，也抹，把光辉又敷在母亲的脸上"。这样成功的传递和承接何等温馨感人！可是翻过去看《兽言》，当"世间猿"与老猩猩分手时，双方有如下的对话：

"我初来的时候，有一次看见一个甲虫，心上想不知道甲虫的文化是什么样子，若是可能的话，就请两位哥哥暂时先少吃些甲虫吧！"

老猩猩看着山中人，山中人有点为难。

"赶快走罢，"他说："赶快趁了月色，在天亮以前走出山去！我就答应你罢，这五百年里我决不吃甲虫！"

在这里，作者正面拈出"文化"二字。世间猿为甲虫缓颊，使人想起陶渊明告诫子弟的话："彼亦人子也，善视之！"甲虫是否有文化，世间猿不知道，他只知道猩猩有文化，在猩猩的文化生活中以甲虫为美味可口的点心，猩猩们答应不吃甲虫，对猩猩来说完全出于勉强，对甲虫来说完全是意外的幸运。但是500年弹指即过，倘若甲虫不能及时创造并保卫自己的文化，岂非来日劫难在数难逃？《兽言》中的这一段文化，声调相当凄厉。

《人子》各篇，有几处写得很悲凉，例如《汪洋》的场景是：

> 自从他把航海图、罗盘、帆都放弃了之后，他才真与汪洋合为一体，真自由了。汪洋也就没有了航线，失去了里程港口，也忘了东、南、西、北，只是一片完整的大水。

其中不能说没有天涯漂泊的苍茫心情。但是，作者在各篇中许多地方一再强调了人的尊严，使我们在"念天地之悠悠"的时候，内心仍然十分肯定。因为书中隐隐有一股潜力，一团酵素，以人为本，以人为尊。《人子》一书描写的对象，那些托譬的工具，有兽有人有神，他写兽如人，写人如神，他写兽如何勉力修为希望升格为人，人又如何从熬炼中羽化成神。兽、人、神像一把梯子竖在我们眼前，拾级而登者前仆后继。兽要成人，需经过人"批准"（作者特地在全书之末加写一篇《不成人子》，有力的表达了这个观念，肯定了人子的地位）。人若成神，却操之在我（《人子》《明还》《皮貌之二》）。而人，为了创造、传递和承继（或者反承继），虽然历经劫难，但是所有的人却有一个总名，叫作"若苦能甘"！对了，若苦能甘！这就是人的滋味！人的前途！人的价值！当此存亡绝续之秋，读《人子》，嚼苦甘，念天地之悠悠，深深觉得这是天下的大文章。

书的交响

戴新伟有本书,书名叫作"许多张脸,许多种情绪"。打开看,书中六十二篇文章全是写他最近读过的书,所谓许多张脸、许多种情绪,意思是指许多作家和作品。读书之时,想望作者,各有不同的精神面貌,读其书,知其人,得其神,善读书者另有一番热闹,我读他这本《许多张脸,许多种情绪》,分享了他的热闹。

戴氏读书甚博,常常在谈甲书时联想到乙书,又顺笔涉及丙书,"穿花蛱蝶深深见",饶有兴味。例如他谈到美国女作家乔伊斯·梅纳德的回忆录《我曾是塞林格的情人》,塞林格,也译成沙林杰,美国著名的小说家。当时梅纳德十九岁,塞林格五十三岁,两个人忘年相爱,但十个月后就分手了。戴氏说,这位少女后来一直生活在这件事的阴影里,"遇上塞林格可能要用劫数来形容"。戴氏笔锋一转,提到俄国女诗人茨维塔耶娃的散文集,这位女诗人狂热地追求爱情,标榜灵肉一致,历尽沧海,"所遇到的人事越复杂激烈,其中能留下来的都是有价值的"。然后戴氏提到舞蹈家邓肯的自白,雕刻家罗丹曾经诱惑她,她拒绝了,"后来我常常悔恨自己少不更事,错过机会,没把贞操贡献给伟大的潘神"(潘神,希腊神话里的牧神,生性好色),如果不是这样的话,"我的艺术和生命就更加丰富多彩了!"戴氏选择一个角度,三书合谈,产生对比,很好!

戴氏以此类笔法纵横书林,他在谈论美国诗人沃伦的时候,谈到福克纳、佛罗斯特,由于对艺术的通感,他连带谈到美国画家安特鲁·怀斯。我读书少,读到这一部分共鸣微弱,等到他谈中国人写的书,我就精神抖擞了。他谈唐诺以随笔写书法家,叶兆言以小说写书法家。他谈舒国治游牛津,哑行者蒋彝游牛津。他谈戈革的《挑灯看剑说金庸》,兼及倪匡、叶洪生,各种版本的电视剧,当然看了金庸的十五部武侠小说。他谈李霁野在意大利,带上阿城的《威尼斯日记》，还有费里尼、罗西里尼、奥米拍的电影。我深爱这种写法，称之为"书的交响"。

我常觉得"善读书"者未必"善谈书"，善读书是他一个人的事，善谈书是大众的事，今天那些懒得读书的人仍然喜欢听人谈书，对善谈书者有期待，善谈书者对文化的发展可以作出更多的贡献。戴氏善读书也善谈书，他读而忘倦我听而忘倦。善谈书者固然大处着眼，也时时拈出细部的精彩，一如电影中全景和特写镜头互用。戴氏特别介绍书中的警句，美国小说家麦斯卡勒："那些来找辛格的人发现辛格不在了，看着空房间会有一种受伤的感觉。"她写辛格看到自己的爱人走的时候，"非常疲倦也非常幸福"。她写一个人不相信手里的面包，看的时候有一种遥远的感觉。她写夏天中午的路面闪亮如玻璃。

看到戴氏介绍美国诗人奥登的名句："被他的将军和他的虱子所抛弃"，诗中的"他"，指战死者暴尸旷野，无人收殓。这句诗在抗战时期非常出名，今天借《许多张脸，许多种情绪》重温，另有感受。奥登在1938年和另一作家结伴由香港进入广州，深入内地，观察中日战争爆发后的中国。那些年国民党军以血肉御敌，且战且走，根本顾不了倒下去的是谁，奥登在诗中用"他"，单数，我们读者脑中泛起的景象是"他们",多数,漫山遍野。奥登把将军和虱子并列,意思是两者都"喝兵血",严重贬低将军的形象,沉痛,也恶毒,对捐躯者毫无敬意,等于二度伤害,中国的诗人绝对写不出来。

戴氏心细,注意到当代中国作家的修辞,例如他指出"当下"一词泛滥使用,"我疑心不少词语经过社会改造,早已失去原来的含义"。"空穴来风",原义是恐有其事,现在普遍解释为并无其事。按,现在佛教的理念扩张,很多佛家语进入俗家的日常语言,"当下"应是其一。"当下"包括眼前的时间,眼前的空间,眼前的因缘,到了俗家的口中笔下就缩水了。许多文言成语,也有"出典"和"用典"的差距,例如"愚不可及"本来是称赞一个人有智慧,"群龙无首"本来是很吉利的卦象,"一丝不挂"本来是说把万缘都看破了,再没有丝毫挂碍,"沉鱼落雁"本来是说鱼发觉有人接近赶快躲起来,哪管那人是美是丑!这些词语"经过社会改造,早已失去原来的含义"。作家用字不爱本义,偏爱引申义,把许多词语弄得离本义越来越远,认为是文学上的成就,这个选项,语文教师投下去的一定是反对票。

戴新伟爱读书似出于天性,他记述小时候缺少读物,从废报纸中找文章阅读，当年办报的人大概没有想到，他办的报纸已沦为鞭炮工厂某一道工序的材料，犹能对三十年后的一位文化评论名家启蒙，这对中国的新闻事业，进而言之对一切出版事业，都是很大的安慰和鼓励。戴氏年纪幼小时候，家长禁止孩子看小说，为了一本小说"被父亲追打，追过村子，追到田里地里，夺下，撕碎"。描述甚为生动，我也在"水浒传诲盗、红楼梦诲淫"的思潮下低头经过，看见天下父母和天下的政府都白费力气。戴氏说他怀念那个为书、为读书、为买书而飞扬跋扈、顾盼自雄的时代，这句话虎虎有生气。他说，"大部分的书我都有兴趣翻翻，不论什么样子的书店我总有兴趣进去看看。"澳门半日游，也没忘记逛书店买书。壮哉！他引斯坦培克一句话："书店开门迎客，世界上其他部分也随之俱来。"他说人找书，书也找人，他走在街巷之中能嗅到书的气味，书四处散落，迫切地等待有人来抓住它，对书一往情深，令人心仪。

戴氏提到他藏有毛边书，唤起我一些回忆。毛边书？可能需要解释一下，一本书的平面有四个边，靠近装订线的这一边叫书脊，对面那一边叫书口，上面一边叫书顶，下面一边叫书根。所谓毛边书是新书出厂三面都不切边，毛茸茸的，好像未完成的样子。不过我童年时见到的毛边书还是把书根这一边切平了，以便放在书架上。我记得当年毛边本也称为法国装，挺时髦，鲁迅大师喜欢，自称"毛边党"，带动一时风气。我以为这种装帧早已淘汰了，《许多张脸，许多种情绪》说，毛边本仍有市场，戴氏为了搜求毛边本的《董桥文录》，托王家葵找贺宏亮，贺再转托龚明德，劳动了三位文化界的名人。

据报道，戴氏在2015年读了111本书，（我的天！）可是他说，还是觉得"自己读的书太少了，大半的书都是拿起又放下，……沙发上那排列如古城墙的书啊，那些好书啊，我每一次打开它们，都觉得每一本都该重读一遍，重读很多遍"。

有一辈古人说，他身后有许多好书出版，恨不能读，他那个时代出书用活字版手工印刷，书少，一个读书人尽一生精力还能把当时所有的好书读完，现在只能恨今生许多好书太多，哪里还顾得到再世？想当年为了阅读到鞭炮工厂去翻旧报纸，这前后两个时代中间怎么连接得起来？